怪物大師
MONSTER MASTER
天目族的最後之眼
[雷歐幻像]作品
LEON IMAGE WORKS
U0063912

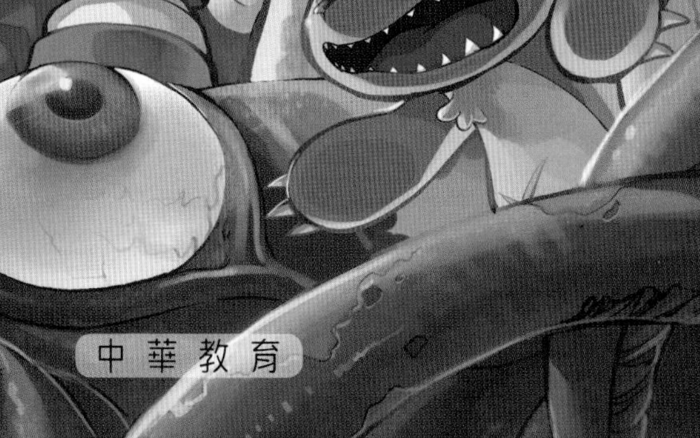
中華教育

怪物大師人物介紹

CHARACTERS INTRODUCTION

A STORY ABOUT LOVE AND DREAMS

布布路

關鍵詞：
單細胞動物、樂觀、熱血

從小與守墓人爺爺一起生活在墓地，因為父親的各種負面傳言，一直受到村裏人排擠，但布布路從不自卑，內心深處相信自己的父親是一位了不起的人物。為了實現自己的夢想以及尋找失蹤父親的消息，他毅然離開家鄉，前往摩爾本十字基地，參加怪物大師預備生的試煉。

賽琳娜

關鍵詞：
大姐頭、敏捷、愛財

出生商人世家的大小姐，卻一點都沒有大小姐的架子，與布布路一樣來自「影王村」，個性豪爽，有點驕傲，對待布布路一視同仁，從不排擠他，只因為她更在乎的是推廣家裏的生意。賽琳娜的目標是收集世界上所有類型的元素石，並熟練掌握這些元素石的運用。

帝奇·雷頓

關鍵詞：
豆丁、酷、毒舌

臉上總是掛着陰沉表情的瘦小男生。帝奇的存在感薄弱，不注意看的話就找不到人了，但是他身邊跟着一隻非常招搖拉風的怪物——成年版的「巴巴里金獅」。對於是非的判斷他有自己的準則，不太相信別人，性格很「獨」。

餃子

關鍵詞：
狐狸面具、神祕、圓滑

在去往摩爾本十字基地的路上，勾搭認識上布布路，戴着狐狸面具，看不出喜怒哀樂，從聲音來聽，似乎總是笑嘻嘻的，高調宣揚自己身無分文，賴着布布路騙吃騙喝，在招生會期間對布布路諸多照應。

冒險、正義、財富、祕寶、名譽……

富有志向的人們啊，

用心發出聲音吧，

召喚那來自時空盡頭的怪物，

賭上所有的「夢想」、「勇氣」、「自尊」，甚至「性命」，

向着成為藍星上最傳奇的——怪物大師之路前進吧！

——《怪物大師》題記
MONSTER MASTER

【目錄】CONTENTS
《天目族的最後之眼》

Especially written for kids aged 9 — 14（專為9-14歲兒童製作）

- 【扉頁彩圖】ART OF MONSTER MASTER
- 人物介紹：布布路／賽琳娜／餃子／帝奇

MONSTER MASTER

「怪物大師」無盡的冒險
The Last Eye of the Sainteyes

第十一部 天目族的最後之眼

怪物大師最愛珍藏

SECRET GAME

MONSTER WARCRAFT
（隨書附贈「怪物對戰牌」）

穿透文字的「堅強」與「感動」！

DREAM ADVENTURE COURAGE FRIENDSHIP

夢想+冒險+勇氣+友誼

「怪物」與「人類」、「勇氣」與「挫折」、「信仰」與「背叛」、「戰鬥」與「思考」……是心靈的冒險，還是意志的考驗？
請與本書的主人公一同開啟奇幻之門，一起去追尋人生中最珍貴的夢想吧！

把世界的謎團串起來！
MELODIES OF LIFE

這裏是獨一無二的腦細胞幻想地帶，孩子們其樂無窮的樂園。
每部一個練膽故事，它們以神祕莫測的魔力，俘虜着人們的好奇心。
有人說，唯一的抵抗方法，就是閱讀——
請翻開這本書吧，讓人心動的世界正在向你招手……

愛與夢想的「新世界冒險奇談」！

引子

CREATED BY LEON IMAGE
LOVE & DREAMS

心靈之眼

MONSTER MASTER 11

你知道嗎?人類曾經是有「第三隻眼睛」的。

你也許會覺得這是件不可思議的事，但在藍星的考古學界，這早就不是甚麼新鮮話題了。

很多考古學家和古生物學家都發現，在遠古人類的頭骨化石上，除了正常的五官處的洞之外，還有一個多出來的洞。科學家們經過多年的科學研究和分析，認為這個洞正是遠古人類第三隻眼的眼眶。

只不過，隨着時間的推移，現在，這第三隻眼睛逐漸從顱骨外移到大腦內部，成為一隻隱祕的眼睛。

儘管第三隻眼睛從人類和動物的面部消失了，但它作為眼睛的職能卻沒有喪失。黑洞洞的顱腔內，與世隔絕的第三隻眼睛雖不能直接看到大千世界的五光十色，但仍能感受到光和熱，用它特殊的方式去「看」世界。

陰雨連綿的天氣，你是不是會覺得心情低落？

陽光明媚的日子，你的心情是不是也很舒暢？

這些現象都是由於隱藏在腦內的第三隻眼在感受光的信號，並進一步影響你的大腦做出情緒上的反應；每當人們想要集中精力思考的時候，眉心處就會不由自主地皺起，那也是人類大腦深處殘留的有關第三隻眼睛的記憶在「作祟」。

而在被青色季風環繞的美麗大陸之上，關於第三隻眼的傳說，描述得就更為詳細了——

聽說這隻眼睛又被稱為「心靈之眼」，是人心的映射。如果一個人內心善良，他的第三隻眼就是澄清透亮的；如果心中充滿貪婪和欲望，第三隻眼睛就顯現污濁。第三隻眼如同一面折射心靈的鏡子，時刻提醒人類修正自己的行為，遠離陰暗和邪念，追求光明和正義。

然而，隨着文明的進步，人類的生活環境發生了翻天覆地的變化，房屋變得更加寬敞明亮，村莊變成一座座繁華的城市，人們的物質資源更加富足，生活變得安逸和舒適。

但人類的心靈卻漸漸不再純淨真誠，每個人都想佔有更多的物質，享受更好的生活，獲取更大的權力，得到更強的力量……愈來愈多人的第三隻眼睛蒙上塵埃。

為逃避內心的譴責，防止野心被窺視，人類開始掩飾隱藏自己的內心，他們紛紛閉合自己的第三隻眼，久而久之，這隻眼睛退化了……

關於第三隻眼睛的傳說，從此被湮沒在浩瀚歷史的時間汪洋中。

新世界冒險奇談

第一站 STEP.01

甦醒的第三隻眼

MONSTER MASTER 11

風主日的蹺課事件

和煦的春風吹散冬日的嚴寒，為琉方大陸披上一件生機盎然的綠色外衣，坐落在繁華之都北之黎的摩爾本十字基地又迎來令人期待的新學年。

新學年的第一個風主日，早上照例是科娜洛導師的藥劑課。

經過一個寒假的休整，怪物大師預備生們精神抖擻地坐在教室裏，聚精會神地聽講，還有人專注地做着課堂筆記。

可是良好的課堂氛圍並沒持續多久，一陣陣不和諧的竊竊私語聲從教室最後一排斷斷續續地傳出來——

「餃子這傢伙開學才沒幾天，居然蹺課！」賽琳娜一臉怒其不爭的表情。

「而且，還是可怕的科娜洛導師的課……」想到科娜洛導師那些稀奇古怪的整人玩意兒，布布路就為餃子的未來感到深深的擔憂。

「哼，被懲罰也是活該！」帝奇朝天翻了個大白眼。

「布魯布魯！」儘管沒人問它意見，趴在布布路背上那隻長着鐵鏽般難看紅毛的怪物也不甘落後地點點頭。

啪，啪，啪，啪！

布布路正想把四不像塞回棺材，突然，四枚肉包子狀的異物破空而來，精準地砸在三人一怪物的腦門兒上，爆裂出一大片翠綠色的粉末。

「咳咳！」

「媽呀，辣死了！」

「是超級嗆辣粉，噢！」

「布魯布魯魯魯……」

看着幾人眼淚鼻涕狂流、咳嗽不止的慘樣兒，講台上的科娜洛導師滿意地收回手，得意的神情彷彿在說：敢在我的課堂上交頭接耳，活該成為我新型整人道具的白老鼠！

坐在前排的精英隊齊齊地回過頭，獅子堂滿眼詫異，十三姬擔心地看着淚流滿面的布布路，朔月一臉幸災樂禍，至於阿不思……噢，他正在廣場上禪定，不過課堂上的一切他應該透過騎士甲蟲的分身都聽得一清二楚。

布布路幾人縮縮脖子，識相地閉嘴，轉而用眼神無聲地繼續剛才被打斷的話題——

布布路一臉內疚地看着打算舒服睡覺的四不像：昨天餃子的晚餐都被四不像偷吃了，難道他是因為沒吃飯，餓昏了嗎？

賽琳娜斜了布布路一眼：不可能！那傢伙最喜歡藥劑課了，每次都乘機撈走不少科娜洛導師的新發明以備不時之需。

帝奇面無表情地挑挑眉：就算天上下刀子他也不會逃科娜洛導師的課，但如果下盧克就不一定了。

總之，餃子不來上藥劑課，是一件非常不正常的事。不會出甚麼事了吧？

三人眼神交會：還是趕緊去他的宿舍看看吧。

想到這兒，布布路伸出一根手指，啄木鳥似的戳向前排三位倒霉鬼的後背，示意他們坐高，再坐高……直到完全遮住科娜洛導師的視線為止。

可憐獅子堂、朔月和十三姬三個堂堂的預備生精英，活活淪為幾個吊車尾的人形擋箭牌，最鬱悶的是外交官接班人朔月，因為身高不足以成為一面合格的擋箭牌，他只能尷尬地半蹲在座位上。

朔月維持着尷尬的姿勢，咬牙切齒地小聲嘀咕道：「這次就算是我還你們在機械島的人情，下次別找我幹這種事！」

然而根本沒人搭理朔月的牢騷，布布路三人早就拖着四不像從後門偷偷溜走了……

紅玨的呼喚

咚咚咚！

布布路帶着一肚子疑惑將餃子的房門拍得山響。真奇怪，房間裏明明清楚地傳出餃子的喘氣聲，為甚麼他不開門也不回應呢？

不對勁！帝奇和賽琳娜不約而同地朝布布路努努嘴。鏘！隨着一聲沉重的悶響，布布路用身體撞開了門。

門一開，三人就被屋子裏陰森森的氣氛嚇了一跳。

餃子一反常態地縮

在桌子底下，渾身瑟瑟發抖，雙手緊張地抱着桌子腿，像是在害怕甚麼的樣子。藤條妖妖也畏畏縮縮地用藤條捂住眼睛，躲在餃子身後。

「餃子，你怎麼了？」布布路抬腳就往屋子裏衝。

賽琳娜忙一把拉住他：「小心，地上有東西！」

布布路低頭一看，距離自己一步之遠的地板上靜靜地躺着一塊橢圓形的小石頭，通體泛着詭異的血紅色光澤，看久了有些讓人移不開目光。

「布魯……」四不像撇着嘴，做出一副厭惡的表情。

躲在桌子下面的餃子見夥伴們來了，也探頭探腦地往這邊看，面具下的狐狸眼慌張地來回轉動着，看來他害怕的似乎是這塊小石頭。

推開滿臉疑惑的布布路，帝奇上前一步，若有所思地喃喃自語：「這不是一塊普通石頭，很可能是一塊珏。」

「珏?」布布路頭上冒出一個大大的問號，「那是甚麼東西?」

「的確很像，」賽琳娜點點頭，向布布路解釋，「珏是一種集天地精華的礦石，因其晶瑩純淨而受到人們的喜愛，成色純正的珏只存在於堅硬的巖層深處，數量稀少，很難開採，所以深受收藏家的喜愛。不管是黑市還是拍賣會上，珏的售價都出奇高昂，甚至不輸金盾。不過，地上這塊珏非常特別，據我所知，世界上從未有過紅珏的存在。」

「噢噢，這麼了不得啊！」布布路頓時瞪大了眼睛，好奇地伸手想撿起那塊紅珏仔細觀察。

「不要碰！」餃子厲聲大吼：「這紅珏有問題！它……它很邪門！」

布布路打了個激靈，連忙縮回手，賽琳娜和帝奇也一臉疑惑：餃子很少這樣大呼小叫，今天是怎麼了?

餃子顫巍巍地從桌子底下爬出來，身體緊貼牆壁，以最遠的距離繞過那塊紅珏，來到同伴們面前，氣喘吁吁地說：「今早醒來……我發現一件以前從未發生過的事！」

餃子雙手發顫地將狐狸面具往下拉了拉，只見他露出的額頭上，第三隻眼睛竟微微地睜開了！

細微的眼縫中，血紅色的眸子似乎在向外窺視着，讓人不寒而慄……

布布路三人難以置信地倒抽一口涼氣。難道餃子體內的戰神伊里布甦醒了嗎？可是，餃子還保留着自己的意識，並沒有被伊里布控制的跡象，這是怎麼回事呢？

帝奇警覺地問：「第三隻眼的睜開難道和這塊紅珏有關？」

餃子點點頭，忌憚地指着地上的紅珏：「就是這塊紅珏在作祟，我清楚地感覺到體內的伊里布對這塊紅珏十分渴望，它在極力地唆使我靠近紅珏，而我一靠近，就感覺伊里布的力量明顯加強了，額上的眼睛也因此蠢蠢欲動，好像隨時會把我吞噬掉……」

「這麼說，這紅珏會加速第三隻眼對餃子的吞噬速度？太可怕了……」賽琳娜心驚不已。

在巴勒絲見識過伊里布厲害的布布路三人臉色難看極了，他們都知道，一旦餃子額頭上的第三隻眼完全張開，他就會失去自我意識，徹底被伊里布吞噬。（詳見《怪物大師‧黑暗的破壞神之甲》）

更可怕的是，當恐怖的戰神伊里布重獲自由，那就不只是餃子一個人遭殃了，恐怕整個北之黎乃至琉方大陸都將面臨一場毀滅性的災難！

被選中的主人

一定要阻止餃子的第三隻眼繼續睜開，不能讓事態惡化下去！大家焦急地商量對策。

「既然是紅珏導致第三隻眼睜開，把它扔得遠遠的就好了！」

一向直線思維的布布路第一個提出意見。

「不，我們最好還是先搞清紅珏的來歷，再做進一步打算。」賽琳娜說着，狐疑地看向餃子，「餃子，你是從哪兒得到這塊紅珏的？」

帝奇斜了餃子一眼，「該不會和上次撿到十三姬的晶石胸針一樣，來源可疑吧？」

「別說得那麼難聽好不好？」餃子像被戳中心事，憤憤地嘟囔道：「這次我分明是被人算計了！」

餃子氣呼呼地回憶起得到紅珏的經過——

昨日是北之黎的春季拍賣會，其如火如荼的程度絲毫不遜色於去年的秋季拍賣會，摩爾本十字基地一如既往地承接了拍賣會的保安工作，作為預備生的布布路他們全都被安排到拍賣會的不同場區協助治安所進行巡邏。

餃子負責執勤的地點是珠寶街，奇怪的是，與人滿為患的其他場區截然不同，珠寶街看來十分冷清，似乎根本不需要維持秩序。可就在餃子準備找地方打盹偷懶的時候，他意外發現了珠寶街上店鋪門可羅雀的原因，因為幾乎所有的客人都擠在一家又小又舊的珠寶店裏。

餃子好奇地想去看個究竟，但根本擠不進去，他眼珠子一轉，一個古武術滑步，腳尖如蜻蜓點水般輕盈點地，身形靈活如風般旋過擁擠的人羣，順利進入珠寶店。

進入店內，餃子的目光立刻被一個金絲楠木盒吸引了。在藍星上，只有餃子的故鄉青嵐大陸的氣候才適合金絲楠樹的生長，因其木質密度高，能起到防腐隔塵的功效，並可散發出一股特殊的香氣，所以常被用於製作盛裝貴重物品的盒子。

讓這家小珠寶店門庭若市的原因正是那塊被裝在金絲楠木盒中的珏。

珏雖是集天地精華的礦石，但因其成色有別，所以價格參差不齊，一般來說，只有極其稀有、純度高的珏才值錢。眼前這塊被裝在金絲楠木盒中的珏，珏身佈滿紋路，顯然是個有瑕疵的次品，但奇就奇在這些紋路都是紅色的。

在藍星的珏類中，紅珏可是聞所未聞、見所未見。物以稀為貴的道理人人都懂，滿屋子客人都對這塊稀有的紅珏垂涎三尺，他們爭先恐後地出價，甚至有人開出一千萬盧克的天價。

可是，面對如此罕見的天價和顧客們如火的熱情，珠寶店的店主卻不為所動，甚至看起來還有些奇怪，滿面愁容的臉上像塗了一層又黑又綠的發霉油漆，一雙凹陷的眼睛，眼皮病怏怏地耷拉着，彷彿對店內的一切都漠不關心。

餃子不以為意地聳聳肩，斷定這位店主是個刁鑽陰險的老狐狸，他分明是坐山觀虎鬥，讓這些人把紅珏的價格炒得更高，這樣的小把戲對餃子來說只是騙子入門的初級篇。

雖然這種坐地起價的手段十分令人不齒，但從買賣自由的角度來看，也不便干涉，看穿這個把戲的餃子正準備抬腳離開，沒想到店主竟一個箭步衝過來一把拉住他。

店主呆滯的雙眼瞬間放出激動的光芒，雙手如鐵鉗般緊緊拉住餃子的胳膊，並對在場的其他顧客大吼道：「紅珏的主人出現了！你們趕緊散了吧！」

在店主的驅逐下，才一會兒的工夫，水泄不通的店舖只剩下餃子和店主兩人。

餃子眨巴眨巴眼睛，疑惑地問店主：「你要把這塊紅珏賣給我？」

店主雙眼放光地點點頭。

餃子哈哈哈乾笑三聲，指着自己的鼻尖，問道：「我看上去像是那麼好宰的肥羊嗎？」

「不不不！我發誓，絕對沒有要宰你的意思！」店主激動地擺擺手，還用小小的聲音補充道：「而且你看起來……呵呵……也沒甚麼可宰的。」

這都被看出來了？身為騙子可不是這麼容易被騙的，餃子索性拍拍自己的口袋，死皮賴臉地說：「老實告訴你吧，我現在只有十個盧克叮噹響，不管你是打的甚麼如意算盤，我勸你都省省吧。」

「好！」沒想到餃子話音剛落，店主立馬一拍大腿，言之鑿鑿地叫道：「就十個盧克賣給你！」說完，毫不猶豫地抓起紅珏塞到餃子手裏。

「啥？」餃子傻眼了，難以置信地說：「有人開一千萬盧克你都不賣，卻只收我十盧克，你瘋了嗎？」

「嘿嘿，我做生意不是看錢，而是看人！」店主的愁容消散得一乾二淨，老臉紅得像塊大豬肝，神神道道地對餃子說：

「你沒感覺到嗎？這塊紅珏選中了你，你就是它的主人，快收下它吧！」

狐狸面具下，餃子的眼珠子骨碌碌地轉動着，心想這店主分明滿口胡說八道，估計剛才即使說自己半個盧克都沒有，店主都會硬把紅珏塞給他。但剛才那些叫價的顧客看起來不像是作假，這塊珏說不定真是個寶貝，轉手賣出去就是一筆天降橫財！退一步講，就算它不是寶貝，反正只要十盧克，沒甚麼大損失。

因此，儘管店主的行為十分違背常理，餃子最後還是接受了紅珏。

「事情就是這樣……本來我打算今天叫大家一起研究這塊珏有甚麼奇特之處，沒想到才一個晚上，珏上的紅色紋路就全都消失了，不，應該說那些紅色就像是滲透到珏身裏去了，整塊珏都泛出讓人不寒而慄的血色光澤。而且……我頭上的第三隻眼就像受到某種召喚般微微地睜開了……」

餃子惶惶不安地捂住胸口：「每當我靠近紅珏，體內就會產生一種像是心跳般的劇烈震動，那是屬於伊里布邪惡的悸動，就好像跟珏上一閃一閃的紅光應和着產生某種共鳴一般……咦？」說到這兒，餃子奇怪地抬起頭，感覺突然變微弱了。

原來布布路發現餃子丟在屋子角落的金絲楠木盒後，擅自撿起紅珏，將它裝了回去，就在盒蓋關上的瞬間，餃子感覺體內蠢蠢欲動的伊里布安靜了許多。

「看來金絲楠木對珏的力量有一定的阻隔作用。」餃子挪到布布路身旁，試探地伸手碰碰金絲楠木盒，果然再沒異常的感覺，額上的眼睛也沒再睜大。餃子長長鬆口氣，小心地將金絲楠木盒放進口袋。

「但依靠這個不是長久之計吧?」賽琳娜擔憂地說。

「要追查紅珏的來歷，就要找到那個珠寶店的店主!」帝奇提醒大家。

沒錯，迫不及待將紅珏脫手的店主一定知道些甚麼……

新世界冒險奇談

第二站 STEP.02

失落的天目族

MONSTER MASTER 11

無法擺脫的邪珏

四人一刻也不敢耽擱，迅速趕到珠寶街那家店鋪，然而迎接他們的卻是虛掩的房門——

所有的貨櫃都空了，地面上堆滿被撕得粉碎的帳簿，還有一攤攤燃燒殆盡、看不出本來面目的灰燼……

一夕之間，這家店人去樓空了！

「太蹊蹺了！對方似乎知道我們會來，刻意把所有來不及帶走的東西都銷毀了。」賽琳娜眉頭深鎖，「他到底想要隱瞞甚麼？」

事情愈來愈詭異了。

「竟讓他逃了！」餃子懊惱地扶額。

「我們去附近的店裏打聽一下吧！」布布路咧嘴提議道。

既然那店主是連夜匆忙搬走的，想必鄰居一定會聽到動靜。想到這兒，四人退出遍地狼藉的珠寶店，走進附近的店面……

「呸呸呸，滾出去，別在我店裏說這麼不吉利的話！」一陣謾罵聲中，布布路四人被一位店家舉着掃把從店裏轟出來。

「不告訴就不告訴唄，態度幹嗎那麼惡劣？」賽琳娜臉漲得紅通通的，這已經是第四家店鋪了，店家一個比一個「友善」……

「真奇怪，為甚麼他們一聽到那個珠寶店主的事就這麼生氣啊？」連習慣了遭人白眼的布布路也滿肚子疑惑。

餃子不死心地把冷着臉的帝奇推出去，準備採用利誘戰術：「店家，您不要動怒，我們做個交易如何？如果您告訴我們一些消息，我們這位小少爺會回饋您一筆不菲的線索費！」

「我說了甚麼都不知道，再糾纏我就叫治安巡邏隊來教訓你們！」店家氣急敗壞地抓起垃圾桶砸過來，結果換來了帝奇恐怖的暗器連發。

叮，叮，叮——

店鋪的櫃枱頓時變得像刺蝟一般，這下子，珠寶街的店主們被徹底激怒了，傳出陣陣反感的聲浪：

「滾出珠寶街，這裏不歡迎你們！」

「快走快走！別妨礙我們做生意！」

臭雞蛋、破襪子、掃把、拖布、鐵桶、瓷碗、爛柿子滿天飛舞……布布路趕緊拉開帝奇和餃子，阻止事態進一步惡化，賽琳娜用土石建起一面土盾，擋在大家頭頂上。

「啊！」路邊的角落裏發出一聲痛叫，不知哪位店家丟出的大皮鞋砸到了一位老乞丐。

「老爺爺你沒事吧？哎喲！」布布路忙衝過去扶起老乞丐，結果一顆雞蛋在布布路後腦勺上炸開花，黏糊糊的蛋黃和蛋汁一股腦兒流進脖領裏，難受極了。

老乞丐大概餓了很久，兩眼冒綠光地盯着布布路身上的蛋汁，直吞口水。

布布路把老乞丐攙到安全的地方，從棺材裏拿出給四不像準備的水果蛋糕遞給老乞丐：「給您吃！」

見自己的食物沒了，四不像氣得跳到布布路頭上用蕉葉般的長耳朵猛抽他的臉頰，一點都沒有把布布路當主人看的意思。

「四不像！」布布路疼得雙眼冒火，伸手揪住四不像的腿，一如既往地，一人一怪物又開始不分場合地打鬧起來。

「別鬧了！我們要辦正事呢！」大姐頭賽琳娜叉腰朝他們獅吼。

「是……」布布路立刻立正站好，只是要到哪兒去打聽那消失的店主呢？布布路對賽琳娜擺出一張苦瓜臉。

「你們……是來打聽那個店主的事情？」老乞丐捧着蛋糕，

小心翼翼地回頭朝珠寶街看了一眼，壓低聲音說：「我可以告訴你們。」

「您知道些甚麼？」餃子立馬附耳過去。

四人將老乞丐團團圍住，就聽他神祕兮兮地說：「我聽說昨天那店主終於找到替死鬼，擺脫了邪珏的糾纏，為防止隔夜生變，所以連夜捲起鋪蓋逃走了！」

「替死鬼、邪珏？！聽起來好嚇人，怎麼回事？」賽琳娜心急地催問。

「果然有古怪！」餃子恨恨地咬牙。

老乞丐顯然不知道眼前這個戴狐狸面具的傢伙就是他口中的「替死鬼」，繼續說道：「那紅珏早就被黑市最有名的鑒寶師鑒定為邪珏，不論店主將之賣給誰，最後都會重新回到他手裏，即使丟掉也沒用！自從被那塊丟不掉的邪珏纏上後，店主就諸事不順，人也日漸消瘦，整個人看起來就像要不久於人世了。他求助鑒寶師，但鑒寶師告訴他，只有被紅珏選中的人才能帶走它，如果這個人不出現，店主就只有死路一條。」

「這麼看來，餃子就是紅珏選中的人。」帝奇簡短地說出結論。

「店主害怕餃子找他算帳，所以連夜逃走了。」布布路恍然大悟地說。

被選中的人？聽到這裏，餃子臉色慘白，只是因為戴着面具的關係，誰都沒看到。

深巷裏的鑑寶人

誰也没想到，這塊紅珏不僅會加快伊里布對餃子的吞噬速度，而且還丟不掉！

「老爺爺，您還知道別的嗎？比如……那塊紅珏是甚麼來頭，為甚麼丟不掉？」布布路心急地想要知道更多線索。

「我知道的只有這些，」老乞丐搖搖頭，隨後像想起甚麼似的說：「其實這些是我在乞討的時候無意中聽到的，如果你們想知道得更清楚，不如直接去問查拉。」

「查拉是誰？」餃子疑惑地問。

「你們連他都不知道？」老乞丐難以置信地說：「查拉是黑市上最有名的鑑寶師，擁有驚人的眼力，據說不論是甚麼寶物，他只要隨便掃一眼，就可以斷定真偽，連來歷和出處都能一一道來，從來没出過錯。對了，他就住在離珠寶街不遠的一條巷子盡頭。」

在老乞丐的指引下，布布路四人鑽進一條冷清頹敗的暗巷……

幾人走了幾步，只見被三面高牆封堵的巷弄盡頭出現了一座夾在其間搖搖欲墜的木屋，破舊的木板上生着厚厚的青苔，窗戶上覆滿蛛網和灰塵，房檐上掛的搖鈴也鏽跡斑斑。儘管今天陽光燦爛，但這間屋子所處的位置卻一絲光線都没有，顯得陰森森的，連經過這裏的風都寒冷刺骨。

這就是了不起的鑑寶師的住處？

四人狐疑地對視一眼，餃子輕叩房門：「有人在家嗎？」

虛掩的房門吱呀一聲緩緩打開，一股潮濕、腐爛的氣息撲面而來，餃子胃裏一動，差點兒吐出來。

布布路眨巴着眼睛往裏瞧，屋裏黑洞洞的，堆滿破銅爛鐵的傢俱，窗戶和通風口都堵得嚴嚴實實，古怪極了。

「我看……老乞丐八成是隨便說說的，這裏完全不像是正常人居住的環境，更何況是鼎鼎大名的鑒寶師！」餃子心神不寧地說。

就在這時，一陣蕭瑟的冷風吹進暗巷，一道人影從房間深處黑漆漆的角落裏浮現出來。

一個白髮蒼蒼的老人悄無聲息地走出來，他身上披着爛麻袋般的粗布衣裳，蓬亂的鬍鬚遮住大半張臉，最奇怪的是他臉上蒙着一塊厚厚的黑布，將雙眼擋得嚴嚴實實。那一動不動的樣子，猶如一尊泥塑。

布布路嚇了一跳，意識到來人不簡單，他竟然絲毫沒有察覺這個老人的氣息。

老人的嘴巴翕動起來，發出有如漏氣般嘶啞的聲音：「老朽等你們很久了。」

「你在等我們？」布布路困惑地撓腦袋，「你是誰？」

「你們不是來找我的嗎？我是查拉。」老人露出一抹陰沉的笑，雖然這個老人蒙着雙眼，但大家仍感覺被他徹頭徹尾、冷冷打量個不停。

「您就是鑒寶人查拉！請問您知道邪珏的事嗎？」賽琳娜緊張地問。

「呵呵，其實那根本就不是珏，而是 ——」查拉刻意頓了頓，嘶啞的嗓音驟然抬高，「一隻眼睛！」

一隻眼睛？大家腦子裏嗡的一下，有種五雷轟頂的感覺。

餃子的心臟猛然繃緊，他從布布路三人的眼神中讀出同樣的擔憂：如果紅珏是一隻眼睛，那它和自己額頭上的第三隻眼以及體內的伊里布有甚麼關係嗎？

被玷污的英雄之眼

「那是一隻毀滅之眼……」查拉被蒙在黑布下的雙眼彷彿能看穿大家的心思，他的聲音帶着一絲說不清、道不明的蠱惑，陰沉沉地說：「這隻眼睛的故事要從天目族說起……」

「天目族？」不僅是布布路，連賽琳娜和帝奇也誠實地搖頭，表示從未聽過。

「天目，就是指長在額頭上的第三隻眼睛！天目族是一個擁有第三隻眼的特殊民族。」

接着，查拉給大家講起有關天目族的傳說——

相傳，藍星上的人類在誕生之初都長有第三隻眼睛，這顆生長在眉心處的第三隻眼睛比普通眼睛更為靈敏，具有洞悉和感受世間萬物變幻的能力，正是靠着第三隻眼睛的神奇力量，人類才最終戰勝兇猛的野獸，克服惡劣的自然環境，開墾農田，建立家園，過上豐衣足食的日子。

隨着人類生活環境的逐漸穩定，第三隻眼睛變得不再那麼重要，久而久之，它就漸漸退化了。只有一個奇異的民族仍保留着額頭上的第三隻眼睛。

那是一個崇尚自由的神祕遊牧民族，族內人口稀少，在歷史上沒有留下太多記錄，唯一為人所知的是，他們在死後，額上的第三隻眼不會腐壞，而是形成一顆像珏一樣純淨美麗的結晶，他們也因此被稱為「天目族」。

許多人試圖得到這顆擁有神奇力量的第三隻眼，而天目族人也就淪為了不法之徒眼中的特殊商品，他們遭到大肆捕殺，面臨被滅族的危機。

就在這個時候，一個名叫莫里斯的青年挺身而出，他利用一個神祕的古老咒語，將所有族人第三隻眼的力量融合在一起，集合成強大的「千目」之力，打敗了捕殺者。莫里斯成了天目族的英雄，但他自己也因無法承受這巨大的力量而犧牲了。

莫里斯死後，族人發現他眉心結晶出的那顆集中「千目」力量的眼睛竟然變成了濃重而刺眼的血紅色。

一直以來，天目族信奉「天目」為神的恩賜，在他們死後，即使屍體腐爛，眉心的「天目」卻能凝結為純潔結晶，並且心靈愈是純淨無瑕的人，其死後的結晶透明度也就愈高。

然而，莫里斯的這顆眼珠是血紅色的！

族裏的長老大呼不吉利，在對抗捕殺者的戰鬥中，莫里斯的天目沾染了太多族人的仇恨和捕殺者的鮮血，所以，為避免整個被污染的天目給種族帶來滅頂之災，在英雄莫里斯犧牲之後，族人將他和那顆被污染的「千目珠」埋葬在一起，這個特殊的墓穴被後人稱為「天目塔」。

從那之後，失去第三隻眼睛的天目族人都變成了普通人……

「你們手中的紅珏就是莫里斯的天目，又被稱為千目珠，它蘊藏着不可思議的可怕力量，會死死糾纏住被它選中的人，直到將其拖入地獄般的黑暗！」查拉嘶啞的聲音透露着不祥的氣息。

「可是，千目珠不是和莫里斯一起被葬在天目塔中嗎？」布布路抓着後腦勺，百思不得其解，「怎麼會跑到市面上來？」

「大概是被不懷好意的人偷出來的吧，甚麼人敢偷這麼可怕的東西呢？」賽琳娜憑着直覺認為這事不簡單。

「有沒有甚麼辦法能擺脫它的糾纏？」帝奇提出最迫在眉睫

的問題。

「有辦法！」查拉抬高了音量，嚴肅地說：「要擺脫千目珠，唯一的辦法就是將它送回原地，也就是天目塔的底層！」

MONSTER MASTER +LOVE & DREAMS+

這是成為怪物大師的必經之路!!!

尊敬的讀者：現在你跟隨布布路一起踏上了成為怪物大師的道路！向所有的困難發起挑戰吧！

預備生情緒控制測驗

當你得知自己的身上被下了某種死亡之咒，你會選擇放棄自己的怪物，放棄成為怪物大師的夢想嗎？

A. 不會。　B. 可能會。　C. 會。

■即時話題■

賽琳娜：我有時候真覺得餃子你啊，你這叫咎由自取！明明知道那個店主有問題，為甚麼還要和他交易紅珏呢？哼，就是你那個愛貪小便宜的毛病在作祟！

餃子（跪地搓手）：對不起，大姐頭，我知錯了。

賽琳娜：那你能保證下次不再犯同樣的錯誤了嗎？

餃子：嗯嗯嗯，我發誓，絕對不會再犯同樣的錯誤。

賽琳娜：暫且相信你。

餃子（扭頭）：喂，布布路，我今天沒去上科娜洛導師的課，她又展示了甚麼新發明？我們有空的時候一起去東塔樓「借」一點兒？

布布路：嗯……我覺得你最好別再邀請我了，站在你後面的大姐頭臉色看起來好可怕！

賽琳娜（獅吼功）：餃子！我再也不要聽你的廢話了！

完成這個測試後，你可以鑒定自己作為一個怪物大師預備生在情緒控制方面達到了甚麼程度。
測試結果就在第十二部的 210，211 頁，不要錯過哦！

新世界冒險奇談

第三站 STEP.03

無法到達的目的地

MONSTER MASTER 11

沒有時間了

只要將千目珠送回天目塔的底層，就能讓餃子解脫！

「太好了，」布布路迫不及待地拉起餃子，突然充滿了幹勁，「餃子，我們去天目塔吧！」

「沒那麼簡單，」餃子冷聲拒絕，「這都是片面之詞，關於天目族的事根本沒有文獻記錄，也沒有現實依據，更沒人真的見過天目族人，就算有人編造謊言，我們也無從拆穿！」

狐狸面具遮住餃子的表情，但大家都明白，他的言下之意是查拉的話不可信。

「時候不早了，我們還是趕緊回基地吧。」餃子推着三人往外走，對查拉的話似乎很抵觸。

布布路三人面露狐疑：餃子一直在尋找擺脫第三隻眼的辦法，事關他的生命安危，好不容易出現一條線索，怎麼能輕易放棄呢？

「戴面具的少年啊，難道你不想知道千目珠為甚麼選中你，還有你額頭上的第三隻眼睛和天目族有甚麼關係嗎？」查拉高深莫測的聲音從大家身後緩緩傳來，讓所有人的腳步都頓住了。

看不見的查拉怎麼知道餃子戴着面具？布布路幾人齊齊瞪大了眼睛，更為奇怪的是……要不是「巴勒絲事件」，連他們都不知道餃子額頭上第三隻眼的祕密，查拉是怎麼知道的？

「你究竟是甚麼人？」帝奇的臉色黑得像鍋底一般，摸出一枚五星鏢警惕地對準查拉。

查拉不動聲色地摘下眼睛上的黑布，當大家看到黑布下的情形時，心頭湧動的不安和疑惑更重了——

查拉根本沒有眼珠，黑布下只有兩個讓人毛骨悚然的凹陷眼窩，就像無底的黑洞一般！

「這不可能！」布布路用力地揉眼睛，「沒有眼睛的人怎麼可能當鑒寶師……」

而且，查拉舉手投足都十分自如，看起來一點都不像連眼珠都沒有的盲人。

「你們還不明白，沒有眼睛並不等於看不見，相反，我可以把世上所有的事情看得更清楚……」查拉的嘴角浮現出詭異的笑容，話語中似乎別有深意。

「關於餃子的事，你到底知道多少？」賽琳娜警惕地問。

「餃子？不，這不是你的名字……」查拉扭過頭，黑洞洞的眼窩對準餃子，莊重地說：「背負着王族之血詛咒的少年啊，你是被選中的人，我已經看到你的未來，你將會被額頭上的第三隻眼吞噬，邪惡之神獲得重生，屆時不只你身邊的人難逃一死，還會有更多無辜的人被捲入災難……」

「夠了，你少危言聳聽！」餃子不悅地打斷查拉可怕的預言，拉着布布路他們就要離開。

「可是……」其他三人全都猶豫了，查拉言之鑿鑿，不由得人不信。

面對夥伴們的遲疑，餃子悄聲說道：「儘管我不清楚查拉是怎麼知道我的事的，但說不定他是一個怪物大師，擁有一隻可以看透人心的怪物甚麼的……」

「怪物大師也可以出來做鑒寶師嗎？」布布路更為糊塗了，但賽琳娜和帝奇知道這只不過是餃子為了讓他們趕緊離開而隨便搪塞的話而已。

查拉顯然也聽見了，面無表情地說道：「你們可以不相信我的話，但是我要提醒你們，每年天目塔開啟的時間只有一天，正是明天！戴面具的少年，你的時間不多了，抓住最後的機會吧。」

說完，查拉扭頭走進那間沒有一絲光亮的小木屋，不再出來了。

彷徨的餃子

「……時間不多了，抓住最後的機會吧……」

大家離開暗巷，返回十字基地。一路上，查拉的話彷彿一直回盪在眾人耳邊，布布路三人憂心忡忡地看向一言不發的餃子，不知道他在想甚麼。

「糟糕！」走着走着，布布路突然懊惱地一拍腦門兒，「我想到一個大問題，查拉根本沒告訴我們天目塔在哪兒！」

「我們回去再問問？」賽琳娜試探地問餃子。

「不，不必了，那種地方……」餃子脫口而出，但他很快意識到甚麼，把後半句話吞了回去。

帝奇目光敏銳地盯着餃子的眼睛：「你……其實知道天目塔在哪兒對不對？」

「甚麼？餃子知道天目塔的事嗎？」布布路驚叫道。

「餃子，別藏着掖着了，趕緊把你知道的說出來吧。」賽琳娜不耐煩地催促。

面對大家的質疑，餃子突然沉默了，好像在腦海中挑選詞語般躊躇了許久，半晌，他說出一句讓大家更摸不着頭腦的話：「我們根本不可能抵達天目塔的底層，所以大家還是打消這個念頭吧。」

「為甚麼？」六隻疑惑的眼睛齊刷刷地盯着餃子。

「你們還記不記得……我曾提過的『黑暗聖井』？」在同伴們的追問下，餃子吞吞吐吐說出實情，「黑暗聖井就是我的國家——塔拉斯每一代王族繼承人爭奪王位的地方。我不知道天目族跟塔拉斯有甚麼關係，但大哥曾告訴我，王族卷宗記載着，如果從天空往下看，聖井的形狀就像一隻仰望天空的黑色眼睛，因此黑暗聖井又被稱為『天目塔』。」

原來所謂的天目塔，就是餃子最痛苦回憶的發生地——黑暗聖井！難怪餃子的情緒有些奇怪，布布路他們恍然大悟。

餃子吸了口氣，繼續道：「天目塔和普通的塔截然不同，它是一座倒立的塔，塔身下半段沒入地下，沒有人知道位於地底深處的塔尖長甚麼樣子，因為從來沒有人下去過，塔的下半部分自塔拉斯開國以來就是被嚴格封鎖的禁地。可查拉卻要我們把千目珠送回天目塔的底層，這分明是件不可能的事！」

「沒關係，我們去吧！不去看看怎麼知道呢？」餃子的話絲毫沒讓布布路知難而退，他眼中反而透出嗅到冒險氣味而興奮閃爍的光芒。

「對，千目珠既然能喚醒伊里布的力量，很可能兩者之間有甚麼聯繫，我記得你是在天目塔中得到第三隻眼的力量的，也許這些祕密就藏在天目塔之中，說不定這是你擺脫千目珠和伊里布的大好機會，冒再大的危險都值得一試！」賽琳娜思慮着點頭附和。

「危險與生機通常是並存的！」帝奇丟出雷頓家的至理名言。

「不不不，大家耐心聽我說完，查拉絕對是個故弄玄虛的騙子！」餃子傷腦筋地摸摸下巴，繼續勸說：「有關天目塔的事情，是王族內部代代相傳的祕密，外人根本就不可能知道，查拉是從哪裏得知的呢？所以，這一切很可能是有人故意為引我回國而設下的圈套，因為我是塔拉斯的通緝犯，一出現就會被我大哥抓起來，到時候你們也會被牽連其中……算了，大家還是忘記這件事吧，呵呵，明天又是新的一天，一切都會好起來的。而且我額頭上的眼睛只是微微睜開，我不是也沒像之前一樣失去意識嗎？」

布布路三人對餃子的話半信半疑，剛想再說些甚麼，一個震天的吼聲從前方傳來。

「你們幾個，竟敢逃我的課！」十字基地門口，布布路他們被雙手叉腰的科娜洛逮了個正着。

科娜洛的懲罰

挨了一頓臭罵之後，四人鬱悶地得知，作為蹺課的懲罰，他們要替科娜洛導師打掃十字基地裏最讓人望而生畏的東塔樓。

東塔樓是科娜洛導師的地盤，裏面充滿各種奇怪又恐怖的東西，還沒成為預備生時，布布路他們就見識過東塔樓的厲害。（詳見《怪物大師・穿越時空的怪物果實》）

一進入東塔樓，大家心中就不由得生出一絲不安。

「總之，我們速戰速決吧！」賽琳娜掏出手帕蒙住口鼻，開始分發工具。

很快，東塔樓內塵土飛揚，大家拖地板、擦窗戶、整理實驗器具，忙得熱火朝天。

「哇——」賽琳娜突然發出一聲尖叫。

布布路三人忙靠過去，賽琳娜害怕地指着庫房角落裏一個形跡可疑的實驗杯。

是甚麼恐怖的東西嚇壞了大姐頭？三人如臨大敵，謹慎地一步步靠過去，只見半透明的杯子裏裝着半罐類似灰色泥漿的液體，隱隱散發出一股難聞的氣味，許多黑漆漆、黏糊糊的小東西正耀武揚威地爬來爬去。

「噢，原來是蟻蠊！」布布路三人同時長噓一口氣，蟻蠊是一種日常生活中常見的蟲子，也是藍星上最古老的昆蟲種類之一，個體只有米粒兒大小，生有八條腿，羣居，雜食，幾乎甚麼都吃，生存和繁殖能力超強。

雖然蟻蠊沒甚麼攻擊性，但因其在髒亂差的環境中滋生，身體上攜帶大量病菌，所以很多人對蟻蠊會產生生理性厭惡。據知，科娜洛和黑鷺也都對這種小蟲子沒轍。

「快想辦法處理掉它們！噁心死了！」賽琳娜搓着滿手臂的雞皮疙瘩，一副快要急哭了的模樣。

噗！沒想到個性豪爽的大姐頭居然怕蟻蠊，三個男生沒義氣地偷笑了一下，惹來賽琳娜的一記怨怒眼刀，但下一秒她又放聲尖叫起來：「它們爬出來了！救命啊！不要過來！」

哧哧，哧哧……

布布路三人眼明手快地操起殺蟲劑，對準滿地亂爬的蟻蠊一陣噴殺。

「呼！」橫行的蟻蠊終於被擊潰，賽琳娜心有餘悸地拍拍胸口。

天目族的最後之眼

MONSTER MASTER 11

新世界冒險奇談

第四站 STEP.04

千目珠的詛咒

MONSTER MASTER 11

餃子的預感

消滅完蟻蠊，餃子緊按胸口怏怏道：「哦，好累……我昨晚幾乎沒睡，頭好暈，我需要回宿舍補眠，打掃的事情就靠你們了。」

說完，餃子煞有介事地拍拍布布路的肩膀，隨後扶着牆壁，「虛弱」地離開東塔樓，留下布布路三人大眼瞪小眼。

「餃子沒事吧?」布布路疑惑地看着賽琳娜和帝奇。

「這傢伙怪怪的，」賽琳娜意識到事有蹊蹺，「他一定在打

甚麼主意。」

「我們偷偷跟着他。」帝奇丟下抹布，示意兩人跟自己走。

三人小心翼翼地從塔樓二樓往下看，發現餃子離開的方向果然不是宿舍，而是基地大門的方向。

「你們看！」布布路眼尖地發現藤條妖妖不知何時背着包袱等在基地門口，餃子鬼鬼祟祟地和藤條妖妖會合後，避開門衞，疾步朝十字基地外走去。

看來餃子早有預謀！

布布路三人默契地對視一眼：難道這傢伙打算獨闖天目塔？

布布路三人心照不宣地跟在餃子身後，出了基地沒多遠，餃子忽然撲通一聲跪倒在地，痛苦地捂住額頭。

糟糕……餃子體內的伊里布要出來了嗎？三人顧不上躲藏了，全都跑上前去。

餃子渾身顫抖，似乎在拚命忍耐。

「餃子，你沒事吧？」布布路扶起餃子，小心地將狐狸面具拉開一點，就見餃子額頭的第三隻眼又張大了，已經接近半睜開狀態！

啊！不妙！三人齊齊地倒抽一口冷氣。

帝奇眼疾手快地從餃子口袋中掏出金絲楠木盒，發現盒蓋不知何時打開了，猩紅的千目珠像是有生命般，冷冷地望着大家。

帝奇急忙蓋上盒蓋，餃子的狀況這才緩和下來，滿頭冷汗地癱坐在地。

賽琳娜憂心忡忡地說：「查拉說明天就是天目塔開啟的日子，那是擺脫千目珠的唯一機會，餃子的時間不多了！」

「某人不是說查拉的話不可靠嗎？」帝奇目光銳利地瞪向餃子。

「抱歉，」餃子被三個人盯得垂下腦袋，輕聲咕噥道：「好吧，我老實交代，我並不相信千目珠是扔不掉的這種危言聳聽的鬼話，但我之所以留着它，是因為我清楚地感受到伊里布的躁動，伊里布、千目珠、黑暗聖井乃至塔拉斯的王族，我隱隱覺得其中必然有着千絲萬縷的聯繫……也許查拉說得沒錯，天目塔就是英雄莫里斯的墓塚，我覺得這是個機會，也許按照天目族人的古老做法，能將千目珠重新封印，還能順道解決伊里布……但這件事存在着巨大的風險和不確定性，我強烈感覺到其中另有陰謀，說不定是有人刻意把千目珠送到我身邊的……

我說不清楚這種奇怪的感覺，但不管怎樣，這是我個人的問題，所以我準備獨自前往天目塔，不想牽連大家。」

「餃子，說甚麼傻話啊！作為同伴，我們絕對不會放棄你，就算天目塔真的是設下的圈套，四個人的勝算也比一個人高啊！」布布路目光炯炯地拍着胸脯。

「你現在這個樣子，別說天目塔，估計連北之黎都走不出去。」帝奇直截了當地說。

「餃子，偶爾信任一下我們吧？」賽琳娜叉腰擺出大姐頭的架勢，眼神卻真誠無比，「我不能讓我的手下獨自去冒險！就像你們不會讓我一個人隨我老爸的船去鹽水帶一樣！」（詳見《怪物大師・遠古巨獸的斷齒迷蹤》）

餃子的眼眶紅了，幸好面具為他遮掩了，他還想說些甚麼阻止三個同伴，但布布路三人根本就沒打算聽他那些廢話，大家押着他一同轉回十字基地。

在基地的門衛大叔那裏留下請假條後，四人整裝出發，前往餃子的故鄉，位於青嵐大陸的小國——塔拉斯。

冤家路窄

布布路一行坐上開往蘭特港口的龍蚯。

餃子告訴大家：「從琉方大陸去青嵐大陸只有一個方法，那就是在蘭特港口搭乘三天一趟的渡輪，另外……」

他又重點提醒道：「我大哥向青嵐大陸的所有國家都發佈了我的通緝令，各個港口和關卡都被列為搜查的重點區域，所以搭乘通往青嵐大陸的渡輪時，我們必須特別小心，一點點風吹草動都不能掉以輕心。」

賽琳娜拿出地圖，正準備進一步商量抵達港口後可能會發生的危險和應對措施，布布路的耳朵動了動，小聲道：「噓，有人來了！」

他話音剛落，一羣身材高大的人走進了他們所在的車廂，這些人穿着統一的奇怪服飾，面色嚴肅，似乎在執行甚麼任務。

他們進來後，挨個盤查起車廂裏的乘客。

「這些人的服飾和餃子的有些相似。」賽琳娜心中湧起不祥的預感。

「他們看起來像在找甚麼東西……」帝奇眉頭緊鎖，思慮的目光落到餃子身上，「或者是人。」

「沒錯，那些人衣服後背上的圖案是塔拉斯王宮侍衛團屬下搜查團的標誌，他們很可能在……找我！」餃子不安地吞了吞口水。

看來不光是青嵐大陸，就連琉方大陸上通往青嵐大陸的交通要道都被嚴密監控了。

遠遠地，布布路聽見幾個搜查官小聲議論道：「這次的搜查非同小可，聽說事關國運，連侍衛團的團長大人都親自出馬了……」

搜查團慢慢走近了，絕對不能被發現！四人默契地對視一眼，紛紛起身，趁着搜查官盤問前排乘客的機會，齊齊閃進後面一節車廂。

這一節應該是貴賓車廂，裏面的裝潢很是華麗，甚至還被間隔成諸如「客廳」和「臥室」般的小房間，一個衣着華麗的人正愜意地躺在「客廳」的沙發上。

一看到那人，餃子怒氣沖沖地一把揪住那人的衣領。

「真是冤家路窄！」餃子雙眼冒火地捂住那人的嘴巴。

「咦，你們認識？」布布路好奇地問，心想餃子真是見多識廣，在哪兒都有熟人。

「他就是將千目珠硬賣給我的那個珠寶商！」餃子咬牙切齒地說。

更令餃子氣憤的是，珠寶商看起來面色紅潤，跟之前賣紅珏給他時快咽氣的樣子判若兩人。

「是他?」帝奇眼神凌厲地上前，準備跟餃子一道盤問珠寶商。

「不好，搜查團的人快過來了!」站在車廂門邊的賽琳娜急聲提醒。

「你聽着，一會兒有人來車廂搜查，你就跟他們說我們是你的家眷，否則……」餃子對帝奇使使眼色，帝奇手中驀然出現數枚閃亮的五星鏢。

珠寶商猛點頭，綠豆般的小眼睛可憐兮兮地望着餃子。

餃子這才鬆開手，坐到沙發上，拿起一張報紙。布布路三人也各自找地方坐下，擺出悠閒的模樣。

大家剛坐好，搜查團就擁進包廂，嚴肅而不失禮節地盤查起來：「車廂裏都是些甚麼人？」

大家生怕珠寶商耍花招，一個個正襟危坐，餃子三人的手更是下意識按住口袋裏的怪物卡，一旦身份被戳穿，就要立即召喚怪物迎戰並想辦法脫身。

「各位長官，本人是一名合法的商人，這四個都是在下的兒女，我們是要去青嵐大陸辦事的，來，請喝茶……」珠寶商看起來完全被餃子的恐嚇嚇住了，發揮着商場上練就的三寸不爛之舌，竭盡所能地應付搜查團。

「你的兒女們怎麼長得一點兒都不像？」為首的搜查官眼神狐疑地打量着布布路四人。

「是這樣的……」珠寶商神秘兮兮地附耳對搜查官解釋道：「他們其實都是我跟不同的妻子生下的孩子。」

「哦？」搜查官又將懷疑的目光鎖定在餃子身上，「你，把面具摘下來接受檢查！」

摘面具？布布路三人緊張得大氣也不敢出，萬一搜查團看到餃子額頭上的眼睛，就露餡了！

「不好意思，這面具是用來遮醜的，我最近得了一種傳染性極強的皮膚病。」餃子不緊不慢地回應道，伸手把面具往上推了推，露出的下巴上赫然佈滿密密麻麻的紅點！

搜查團的人嚇了一跳，忙後退好幾步。

這時，帝奇不動聲色地走到珠寶商身後，珠寶商立即識相地站出來，唉聲歎氣地說：「唉！小兒這病久治不癒，着實讓我擔憂啊，我這次去青嵐大陸正是要帶小兒去看病的，喏，我還特意花高價訂了貴賓包廂，就是怕皮膚病傳染給別人。」

珠寶商撒謊不打草稿的本領和餃子不相上下，搜查官們立刻像逃避瘟疫似的離開，檢查下一節車廂去了。

噬主的邪珏

等搜查團走遠了，布布路湊到餃子身邊，擔心地問：「餃子，你的下巴怎麼了？不會真得皮膚病了吧？」

「當然不是！」餃子像變戲法似的亮出一個標有科娜洛導師名字的小瓶子。

大家這才恍然大悟，原來是餃子私藏的藥粉派上了用場。

「敢問幾位是甚麼人啊？」珠寶商顫巍巍地在一旁眨巴着綠豆眼，壯着膽子開口問，「你們不會是青嵐大陸的通緝犯吧？」

「哼！你難道不清楚原因嗎？說！為甚麼要陷害餃子？你是怎麼得到千目珠的？有甚麼陰謀？」賽琳娜沒好氣地將珠寶商推到牆角。

「千目珠是甚麼？」珠寶商一臉錯愕。

「還裝傻！」餃子從懷裏拿出金絲楠木盒，「這東西哪兒來的？」

珠寶商一看到盒子就立即瑟縮着遠離，一副害怕的樣子。

「你們說的千目珠是指這塊紅珏嗎？我……我發誓，我之所以急不可耐地將紅珏賣給這位戴面具的小哥，也是逼於無奈……」在四人的逼問下，珠寶商支支吾吾地道出真相——

「我是個往返於琉方大陸和青嵐大陸之間做生意的普通珠寶商，幾個月前，我在黑市上收了塊珏，因為成色特別，我決定帶到琉方大陸去賣個好價錢。但是奇怪的事發生了，無論賣給誰，紅珏都會自己回來，買珏的人也會回頭找麻煩，我十分不安，就把紅珏扔進不見底的枯井中，可紅珏竟然在第二天早晨又回到我的枕邊……我意識到，這東西纏上我了，根本丟不掉！我愈來愈害怕，四處打聽紅珏的事情，終於見到黑市上著名的鑒寶師，他告訴我這塊紅珏是一隻有詛咒力量的古老眼睛所化，它的每一任主人都迫不及待地將它出手，因為每年的某一天，今年則是明天，這隻眼睛就會將主人吞噬。我哀求他幫助我，那人提示我，只有被紅珏選中的人才能帶走它，而這個被選中的人是北之黎十字基地裏的預備生，戴着一張狐狸面具，如果不找到這個人，我將難逃劫難……」

「所以，你就千里迢迢地來參加北之黎的春季拍賣會，因為你知道這次拍賣會是由摩爾本十字基地的預備生負責維持秩序，而當我出現時，你就像看到救命稻草一般將千目珠便宜賣給我，對嗎？」餃子托着下巴問：「可你為甚麼那麼相信那位鑒寶師呢？」

「那個鑒寶師很奇怪，明明沒有眼睛，卻可以『看』到一切……簡直就像是通曉世間萬物一般……對不起，我只是想自保而已……」珠寶商渾身顫抖着，看起來不像撒謊。

四人對視一眼，毫無疑問，那個鑒寶師就是查拉。而且，如果珠寶商說的是真話，那麼把千目珠送到餃子手中的始作俑者就是他！如餃子猜測，一切都是個陰謀嗎？

餃子按着金絲楠木盒的手在口袋裏顫抖，難道就像他會被伊里布吞噬一樣，千目珠之前的主人全都被吞噬了嗎？

預備生情緒控制測驗

你的身體開始發生異變，彷彿驗證了死亡之咒的說法，你必須在有限的時間內趕回自己的故鄉尋找解咒的方法，但你在故鄉又被列為通緝犯，你會因此選擇不回故鄉嗎？

A. 不會。　B. 可能會。　C. 會。

■即時話題■

布布路：我其實很好奇，如果餃子並非多長一隻眼睛，而是多長了一個鼻子或者嘴巴或者耳朵在臉上，那會是甚麼樣的？

賽琳娜：這是餃子的畫像，你可以自行添加任意五官，查看效果。

布布路：嘿嘿，我畫畫其實還不錯哦！對了，針對餃子的第三隻眼睛平時是閉合的狀態，那多加的那個鼻子應該沒有鼻孔？嘴巴要閉起來的？但是耳朵……要怎麼封住啊？

賽琳娜：那就要考驗你的想像力了！布布路，我相信你辦得到！

帝奇（走過來看）：你畫的甚麼鬼東西！醜爆了！

餃子（搶過畫像撕撕撕）：可惡！不要因為嫉妒我與眾不同的俊美容貌，就抹黑我這個如風一樣的美少年啊！

布布路（鬱悶蹲牆角）：嗚嗚……我覺得自己畫得挺好啊！

完成這個測試後，你可以鑒定自己作為一個怪物大師預備生在情緒控制方面達到了甚麼程度。

測試結果就在第十二部的 210，211 頁，不要錯過哦！

MONSTER MASTER +LOVE & DREAMS+

這是成為怪物大師的必經之路!!!

尊敬的讀者：現在你跟隨布布路一起踏上了成為怪物大師的道路！向所有的困難發起挑戰吧！

新世界冒險奇談

第五站 STEP.05

港口遇險

MONSTER MASTER 11

嚴密封鎖的通路

在緊張的氣氛中，龍虻緩緩停靠在蘭特港口的月台上。

布布路四人小心翼翼隨着擁擠的人流走下龍虻，珠寶商趁機像條胖泥鰍一樣在人羣裏鑽來鑽去，一會兒的工夫就溜得無影無蹤了。

但此刻大家沒心情理會珠寶商，因為港口四處貼滿青嵐大陸的通緝令，許多穿着塔拉斯王宮侍衛團制服的搜查官正對登上渡輪的人逐一盤查，氣氛森嚴。

「哇，那是餃子的通緝令，有五百萬盧克的懸賞呢！」布布路莫名興奮地小聲唸着餃子的通緝令，「上面還警告，這個人十分危險……」

「這陣勢……」賽琳娜的掌心被冷汗濕透，「簡直像發生大事而全面戒嚴似的。」

「大家不要亂了陣腳，」餃子的視線小心掃過通緝令，那上面的頭像還是他多年前流落貧民窟時的樣子，他小聲安撫大家，「畢竟我離開青嵐大陸兩年，身高和體形都有了變化，還有面具做遮掩，大家鎮定點，說不定能蒙混過關。」

布布路三人點點頭，佯裝自然地站進隊伍中，隨着長長的人龍緩緩向前移動，等待接受登上渡輪的層層盤查……

幾分鐘後，隊伍前方發生一陣騷亂，布布路探頭向前看去，原來是搜查官和一名攜帶違禁品的乘客發生了爭執。

一名年輕搜查官腳步匆匆地從布布路他們身邊經過，小跑過去處理糾紛，這名搜查官的制服上襯着紅綠相間的金絲綬帶，胸前別着黃銅色的軍徽，級別顯然比一般的搜查官要高。

「戈林……」一看到那名搜查官，原本從容自若的餃子立即暗叫不妙，嘰哩咕嚕地彷彿說出一個人名，然後壓低音量對同伴們說：「我們先退出隊伍，另想辦法。」

聽到餃子語帶慌張，布布路三人心領神會，恐怕情況有變！

「戴狐狸面具的那個，你站住！」正當四人準備離開時，那名走出好遠的年輕搜查官突然轉過身來，大聲喝住餃子，並快步折回來。

「請你把面具摘下來配合檢查！」年輕搜查官碧綠的眼睛目不轉睛地盯着餃子。

布布路幾人暗想，餃子只要再次用科娜洛導師的藥粉故技重演一下就好了。

沒想到餃子卻僵住了，他猛地深吸一口氣，朝布布路三人大聲喊出一個字：「跑！」

一聽到餃子的提示，布布路三人本能地朝不同方向拔腿衝出去。

「快追！」年輕搜查官厲聲喝令港口上的搜查人員，「四個人一個都不要放過！」

訓練有素的搜查人員立即兵分四路展開追逐，年輕搜查官也親自帶領一隊，朝着餃子追去。

年輕搜查官的速度驚人，沒一會兒的工夫就一個縱身躍起，穩穩地落到餃子身前，一記凌厲的飛拳朝着餃子襲來，餃子剛險險地躲開，一道掌風又擦着他的面頰颳過，對方目標明確：直取餃子的狐狸面具！

餃子狼狽地就地一滾，再一次化險為夷。

這時，更多的搜查人員追上來，將餃子團團圍住，在年輕搜查官的指令下，他們一擁而上，齊齊向餃子撲上來。

可是，面對這樣的羣攻，餃子卻一而再再而三地閃避和退讓，無論如何也不肯使出古武術來招架，似乎是在刻意掩飾自己的實力。

只躲避，不出招，餃子很快落入下風，手和腳全都被架住，一動不能動了。

火燒蘭特港口

年輕搜查官移步到餃子面前，手伸向餃子的面具。

「哇啊！」眼看餃子的面具就要被強行扯掉，剛剛甩掉追兵的布布路大吼着撲上來，一頭把年輕搜查官撞開。

「快跑！」布布路赤手空拳地以一抵眾，以令人眼花繚亂的拳腳擊退那些架住餃子的搜查人員。混亂中，布布路還騰出手來，替餃子把被扯歪的面具扶好。

「布布路……小心！」餃子想表達謝意，話一出口卻變成一聲驚呼。

布布路只覺後頸一寒，整個人頓時如同受驚的貓一般背脊繃緊。

一個身影像變魔術一般憑空出現在布布路身後，隨着一股陰冷掌風，來人發出一聲厲喝：「竟敢公然抗拒搜查，真是膽大包天！」

是那個剛剛被布布路撞翻的年輕搜查官！

從之前的種種表現來看，對方的輕功和拳法都十分精湛，顯然是個古武術高手。但他的這招突襲太不可思議了，明明剛剛還站在布布路對面的人，怎麼可能在轉眼間移動到他身後？最為奇怪的是，一向眼力驚人的布布路竟然沒有看到他的任何動作！

「布魯，布魯！」就在對方的手刀即將劈中布布路的後頸之際，四不像嗖的一聲從棺材裏躥出來，一對長耳憤怒地豎起，銅鈴般的大眼瞪得溜圓，儼然是一副美夢被吵醒的憤怒相，暴跳如雷地衝着年輕搜查官張開大嘴——

一記十字落雷從四不像口中噴薄而出，朝着年輕搜查官劈去。

「啊！」四不像的突然出現，讓所有人始料未及，年輕搜查官想要躲避，但是來不及了，紫色的雷光已近在眼前！

「當心！」眼看年輕搜查官就要被擊中，電光石火之間，一直刻意隱藏

實力的餃子終於施展出爐火純青的古武術滑步，奮不顧身地將年輕搜查官撲倒在地。

十字落雷在餃子和年輕搜查官身側驚險地擦過，轟然砸向停靠在港口的一艘貨船，炙熱的雷球瞬間將船艙引燃，濺起的火星差點兒燒焦二人的眉毛。

「你……」年輕搜查官難以置信地看着餃子，似乎想說甚麼。

餃子卻用力掙開了對方的手，默不作聲地退回到布布路身邊。

「餃子，布布路，你們沒事吧？」這時，賽琳娜和帝奇氣喘吁吁地趕過來。

「糟了！」帝奇警覺地望着被四不像引燃的船隻。

那艘貨船已變成一團熊熊燃燒的火球，借着風勢，張牙舞爪的火蛇順着固定船隻的鎖鏈迅速擴散開去。沒一會兒的工夫，停靠在港口的一整排貨船全部陷入火海之中，熊熊的火苗又向着岸邊危險地蔓延開來……

港口上，受驚的乘客們爭相逃命，從四面趕來的港口工作人員七手八腳地滅火，一時間，場面亂成一團。

完蛋了，四不像又闖大禍了！布布路心裏哀呼：這下就算能解決伊里布，回到十字基地也免不了被懲罰的悲慘命運……

不遠處，一些搜查官還躍躍欲試地想要圍捕布布路他們，卻被年輕搜查官抬手制止了，他厲聲吼道：「救火要緊！」

「我們走！」大姐頭迅速招呼大家撤退。

餃子邊跑邊回望籠罩在熊熊火光中的港口，只見年輕搜查官嘴脣無聲地翕動着，從口型上來判斷，他似乎在說——

還不快走？！

自投羅網！跟蹤者的自白

布布路四人趁亂逃出蘭特港，氣喘吁吁地躲進一片人跡罕至的亂礁中。

去往青嵐大陸的唯一方法行不通了，接下來該怎麼辦？大家沮喪地靠坐在高大的礁石後，只有大鬧了一通的四不像的情緒絲毫不受影響，舒舒服服地躺在棺材裏又睡着了。

「太奇怪了，」沉悶的氣氛之下，賽琳娜皺着眉回想，「港口的盤查太嚴格了，就像有人挖好陷阱引我們往裏跳似的。」

「莫非那個查拉根本不是甚麼鑒寶師，而是我大哥派的奸細？」餃子摸着下巴思索着。

「對了！」布布路舉手發言：「從坐上龍蚯開始，就有個人一直在跟蹤我們，不過這人速度不快，剛才我們逃跑的時候把他甩掉了，但不知怎麼回事，他現在又跟上來了！」

賽琳娜額頭青筋暴跳，這麼重要的事情居然現在才說……

「奇怪！誰在跟蹤我們，難道這個人知道甚麼嗎？」餃子愈發疑惑了。

「跟蹤者知道甚麼，問問就知道了。」帝奇冷冷地說完，數根蛛絲從他指間凌厲地射出，不遠處的一塊巖石像麪包一樣被切成數段。

「嘛！」空氣中傳來一陣驚愕的抽氣聲，一個人高舉着雙手，做出投降狀，從另一塊巖石後走出來。

餃子和賽琳娜對視一眼，帝奇這招誘捕真是高明，沒費一點力氣就讓敵人現了形。

只見那人全身上下包裹着一件厚重的斗篷，將嘴臉全都遮住。布布路敏感地聳聳鼻子，這人的氣味好熟悉……那人自行摘下臉上的遮布，不是別人，正是身份可疑的鑒寶師查拉！

「你究竟是甚麼人？誰派你來的？」帝奇晃動着手中的蛛絲，

冷冷地問道。

「是你故意設下陷阱，引我們到港口嗎？如果你不說個清楚，這回絕不放過你。」賽琳娜氣沖沖地大喝。

「四位不要動怒，我並沒有欺騙你們！」查拉神態自若，一點兒都不像是遭到誘捕，反倒像是故意自投羅網，振振有詞地說：「這位戴面具的少年心裏應該很清楚，那些搜查團不可能是我安排的，因為他們是塔拉斯的王宮侍衛團，只有國王才有權力對他們下令！」

「哼，你也有可能是國王派來的啊，否則你怎麼知道塔拉斯王族才知道的天目塔的祕密？」餃子的狐狸眼閃出咄咄逼人的光芒。

查拉沉默了片刻，接下來的話更讓大家一驚：「好吧，看來如果我不說出真相，你們是不會相信我的。我之所以知道那麼多，是因為我是天目族的後裔！」

「你是天目族的後裔？」餃子驚得面具險些掉到地上。

「正是。」查拉黑洞洞的眼窩精準地「看」向驚愕不已的四人，「我雖沒有眼珠，卻不是盲人。失明後，除了視覺之外，我的聽覺、嗅覺、味覺、觸覺等其他感覺得到大幅度的提升。這些感覺讓我的全身肌膚乃至毛髮都能成為感知外部世界的『眼睛』，我不需要再用眼珠視物，就像有隻無形的眼睛與我的身體相連，這隻眼睛甚至可以衝破障礙，遠比你們這些常人『看』得更多、更遠。」

「沒有眼睛，卻能看見東西？」布布路糊塗了，試着閉上自己的眼睛，卻只感受到一片漆黑。

「白痴，這可是需要極高天賦才能修煉的技能。」帝奇嗤之以鼻地說：「我曾經聽哥哥尤古卡說過，自然界有些動物不需要靠視覺來捕獵，牠們能根據其他生物的熱量、波長等等來判斷對方的形態、位置等資訊，這些動物雖然沒有視力，卻比用眼睛來觀測更為精準。聽說，人類經過練習也能擁有這一技能。」

「呵呵，沒錯，天目族稱這一技能為『天眼』。」查拉補充道。

布布路聽得嘴巴半張，情不自禁地說：「噢噢噢，『天眼』好厲害啊！」

「就算你說的是真的，又和餃子有甚麼關係？」賽琳娜不依不饒地質問：「你明明告訴那個珠寶商，千目珠的每一任主人都會在每年的那特定的一天裏從世界上消失！你費盡心力把千目珠塞給餃子，是有甚麼別的目的吧？」

「沒錯，為了讓珠子轉到正確的人手上，我的確稍用了些手段，並在黑市上散佈了謠言。我的目的很簡單，只是希望按照祖先的遺訓，讓千目珠重新回到天目塔，而這位戴面具的少年，我感覺到他體內有一股強大的力量，這力量跟千目珠同根同源。我強烈地感應到，只有這位少年才是護送千目珠的最佳人選。至於『明天』這個日子的意義……」查拉意味深長地衝餃子笑笑，「你應該比我清楚。」

同根同源？莫非伊里布與失落的天目族有淵源？餃子暗自琢磨着查拉的話，若有所思地說：「看來一切問題的答案都藏在黑暗聖井裏。」

隨後，他轉頭看向同伴們，解釋道：「黑暗聖井又被稱為天目塔，自塔拉斯開國以來就在那裏，沒人知道它的來歷，也不知道出自甚麼能工巧匠之手。塔內機關重重，設計精妙，被定為每一代王族繼承人爭奪王位的戰場。但天目塔常年處於閉合狀態，每年只有特定的一天，七顆啟明星自零點就會在塔拉斯升起，並與黑暗聖井完全垂直，呈現『七星連珠』的特異天象，屆時天目塔會自動開啟，國王也會在這天前往塔中祭奠王族同胞。而今年那『特定的一天』就是明天！」

布布路這下子聽明白了，也就是說，如果不能在明天之前抵達塔拉斯，他們將錯過每年只有一次進入天目塔的機會，而千目珠在餃子身上多放一天，餃子的安危就愈沒有保障。

「可我們現在連琉方大陸的港口都出不去！」賽琳娜頭疼不已。

「就算你們能混上渡輪，也需要一天時間才能抵達青嵐大陸，那時早已錯過天目塔的開啟日，但是……」查拉黑洞洞的眼窩對着布布路他們，神祕地說：「我知道還有另一條通往青嵐大陸的路，不消半天時間就能到達！」

天目族的最後之眼

MONSTER MASTER 11

新世界冒險奇談

第六站 STEP.06

千瞳石窟

MONSTER MASTER 11

沒人走的捷徑

琉方大陸和青嵐大陸間竟然有條捷徑，可他們該選擇那條不用半天就能抵達的路嗎？更重要的是，查拉可信嗎？

疑慮之下，賽琳娜掏出地圖，邊查看邊說：「大家看，青嵐大陸和琉方大陸之間的確有一條陸路相連，只是不知為甚麼，人們寧願繞遠路坐渡輪，也不走這條路，交通指南中也沒有關於這條陸路的介紹。」

「絕對不行！」餃子一把搶過地圖，厲聲道：「那條路不能走，因為那是一條必死之路！」

「必死之路？」聽到餃子這麼說，布布路反而露出了躍躍欲試的表情，無畏地說：「餃子你放心，我們以前走過那麼多『必死之路』，大家不是都好好活着嗎？這次也不會有事的，走吧！說不定那條路上還有甚麼新奇有趣的東西等着我們呢！」

「你不要這麼天真好不好？」餃子青筋暴起地勸阻道：「那條陸路和我們之前走過的都不同。你們想想，明明是條捷徑，卻沒人走，就像是所有人都避諱着甚麼。雖然沒人知道究竟是甚麼，但這種遐想空間反而讓人更為恐懼……」

帝奇的目光如同利刃般緊緊盯着查拉：「你憑甚麼認為這條路我們能走？」

「請各位放心，我之所以跟過來，就是考慮到當水路被堵時，我能當你們的領路人，帶你們避過凶險，安全通行！」面對大家的懷疑，查拉神態自若地說：「那條陸路其實是天目族曾經的居住地，為保護族人，我的祖先在陸路中佈下精密的防禦系統，只有天目族的族人才能安全穿過那些機關。」

「太棒了！」布布路充滿期待，「好想見識一下天目族的精密機關啊！」

雖然查拉信誓旦旦，餃子還是不敢輕信：「萬一到時候你翻臉不認人怎麼辦？」

「如果你們不放心，可以把我的雙手捆起來，由你們拉着捆繩的另一端，這樣就算遇到危險，我也會與你們同生共死。無論如何，我也不會拿自己的生命開玩笑的。」查拉再次放低姿態，用誠懇的語氣說道。

對於查拉的提議，布布路四人小聲商量起來：目前看來，即便大家能在港口混上渡輪，也無法在明天抵達青嵐大陸。時間緊迫，大家很快達成一致，決定讓查拉帶路，不過為謹慎起見，帝奇還是用蛛絲將查拉的雙手綁住，並牢牢牽制住蛛絲的另一端。

隨後，大家在附近的驛站租了兩隻戈壁蜥蜴，查拉獨乘一隻在前頭帶路，騎着巴巴里金獅的帝奇緊隨其後監督查拉，布布路三人同乘另一隻跟在最後……

一陣疾行之後，布布路一行終於抵達琉方大陸與青嵐大陸的接壤陸路。

眼前是一片看不到邊際的深谷，谷底黃沙瀰漫，成百上千根高大的石柱密密麻麻地豎立在谷中。站在深谷的邊緣向下俯瞰去，大家不由得倒吸涼氣，只見那些石柱頂部全都呈現兩端極尖、中間略寬的形狀，古怪的剖面赫然是一隻隻因驚恐而圓睜的眼睛！

「這就是青嵐大陸和琉方大陸之間最短的陸路 —— 千瞳石窟。」查拉介紹道。

查拉將布布路他們帶到一條傾斜着深入谷底的陡峭小徑前，在他的示意下，大家放慢戈壁蜥蜴的速度，拽緊韁繩，小心地深入這片神祕的陸路。

肆虐的風裹挾着粗糲的沙粒，不斷襲向順着小徑深入谷底的眾人，很快，周圍的一切全被黃色的沙霧籠罩。

當大家完全置身谷底後，賽琳娜發現隨身攜帶的方向指標失靈了。

漫天的黃沙、林立的石柱、嗚咽的風聲……他們分不清東南西北，彷彿置身一個與世隔絕的巨大迷宮。

幸好，隊伍最前頭的查拉一直沒停下腳步，他不緊不慢地帶着眾人在一根根毫無差別的巨大石柱下穿梭……在這樣的環境裏，沒有雙眼的查拉反而比雙眼健全的布布路他們「看」得更清楚，他的「天眼」似乎可以穿透濃濃的沙霧，認清每一根石柱的細微差別。

儘管還不能判斷查拉是敵還是友，但他的背影此刻都成了大家最大的依賴。

「等等！」不知走了多久，就在大家七上八下的心開始回歸原位的時候，帝奇突然瞇起眼睛，警惕地看向前方，「氣流好像不太對勁！」

賽琳娜和餃子緊張地張望，但厚重的沙霧阻隔着他們的視線。

「噢！」布布路手搭涼棚極目遠眺，肯定地大聲道：「前邊有甚麼東西正在朝我們快速靠過來！」

移動迷宮

黃沙中漸漸浮現出一團團巨大的黑影，那些黑影如小山般龐大，移動時不斷發出詭異的響聲……

布布路他們忙拽緊戈壁蜥蜴的韁繩，盯着前方沙霧中迅速靠近過來的異常氣流，會不會是甚麼危險的怪獸？

片刻之後，一團黑影最先衝破灰濛濛的沙霧，壓境而至，看清黑影的真容，大家全都傻眼了，因為那移動的物體竟然是一根根渾圓的巨大石柱！

「大家不要緊張，那是……啊！」查拉話還沒說完，坐下的戈壁蜥蜴受驚地暴衝起來，帝奇眼疾手快地收起蛛絲，才免於從金獅上被扯下去的命運，只是載着查拉的戈壁蜥蜴一溜煙地衝進黃沙之中，眨眼間就不見了。

被丟下的布布路四人心中警鈴大作，手忙腳亂地穩住戈壁蜥蜴，才險險躲過石柱的碾軋。

轟隆隆——

在一陣猶如地震般的轟鳴聲中，更多的石柱衝破沙霧，從四面八方圍堵過來！

賽琳娜心跳加速：「怎麼回事？石柱怎麼會自己動？」

布布路三人從戈壁蜥蜴上跳下來，狼狽地拉着戈壁蜥蜴左躲右閃，然而這些長有眼睛剖面的古怪石柱就好像真的能看見似的，不管他們怎麼繞、怎麼躲，石柱都會再次掉轉方向，目標明確地朝他們碾軋過來。

「獅王咆哮彈！」帝奇大聲發令，巴巴里金獅發出一聲震天巨吼，強勁的聲波震碎了圍堵他們的石柱。

「巴巴里金獅，真厲害！」布布路還沒來得及高興，剛剛被震碎的石柱竟然自行重組，猶如銅牆鐵壁一般再次阻擋住他們的去路。

更倒霉的是，戈壁蜥蜴似乎嚇呆了，牠四肢僵滯，目光無神，怎麼也不肯再動。

「糟糕，我們得趕緊找到查拉！」餃子心急火燎地四處張望着，用力拖着戈壁蜥蜴。

然而戈壁蜥蜴卻像是決定等死一般，屈下了膝蓋，徹底不動了。要知道，戈壁蜥蜴是藍星上適應能力最強的物種之一，就算在荒漠中不吃不喝半個月，都不會放棄求生的意志，這些石柱卻讓這古老的物種喪失了求生的本能……

就在大家不知所措的時候，沙塵中出現了一個熟悉的人影。

布布路揮舞起手臂，大叫道：「是查拉，他沒有拋下我們，他回來了！」

查拉拖着同樣僵硬的戈壁蜥蜴，汗流浹背地徒步朝大家走過來，邊走邊大喊道：「大家不要慌，咳咳，聽我說！」他的話不時被風嗆斷，「這些石柱都是我祖先設的機關，是有規律可循的！」

說也奇怪，儘管查拉腳步踉蹌，還拖着一隻戈壁蜥蜴，那些石柱卻彷彿看不到他似的，每一次在快要壓到他之前，都會準確地掉轉方向……布布路他們目瞪口呆地看着查拉有驚無險地穿過移動的石柱，走到大家面前。

餃子面具下的狐狸眼一閃，看出了端倪，大聲道：「我發現石柱的規律了！它們在發動攻擊的時候，絕對不會傷到『自己人』！」

「沒錯，當一根石柱攻過來，在它前進路線上的其他石柱都會自動避讓，從而讓出一條短暫卻安全的通道！」布布路眼尖地察覺到縫隙間的生路，「只要我們把握這個規律，找準石柱間的空隙，就能順利前進！」

「正是這樣！」查拉連連點頭，「不過石柱的速度很快，你們的眼力很難跟得上，還是跟在我後面比較安全。」

「沒關係，我也能帶路！」查拉話音還沒落，布布路就迫不及待地一揮手，「出發！」

餃子三人對視一眼，合力拉起一隻戈壁蜥蜴，毫不猶豫地跟上布布路的腳步。

查拉跟在最後，不禁嘖嘖稱讚：「時代的洪流中，又一位了不起的少年出現了啊……」

一波剛平，一波又起

一行人有驚無險地走出危險的石窟。荒涼的戈壁上依然颳着風沙，但沒了石柱的阻礙，風勢似乎小了許多，餃子三人一路拖着戈壁蜥蜴，累得筋疲力盡，紛紛停下腳步，打算原地休息。

只有布布路一臉回味地對查拉說：「這個甚麼窟好厲害，你的祖先真了不起！」

「你不害怕嗎？」率真的布布路讓查拉覺得十分有趣。

「害怕？不，我光顧着找路了，沒來得及害怕呢。」布布路齜着牙傻笑。

「傻瓜！」布布路的白痴表情照例引來帝奇的鄙視。

正當氣氛變得活潑之際，賽琳娜突然像坐到刺蝟身上般跳起來，手臂上警覺地冒出一層雞皮疙瘩。

「怎麼了，大姐頭？」三個男生忙湊過去。

只見賽琳娜腳下薄薄的沙層地下，露出了一塊白骨，從輪廓來看，似乎是人類的頭骨！

「這是之前遇難者的遺骸嗎？」餃子心生不祥之感，「怎麼只有頭骨，沒有身體？」

帝奇皺着眉頭扒扒頭骨附近的沙土，提醒大家：「不對勁，這下面有不止一顆頭骨！」

被帝奇扒開的沙層下赫然露出一大片頭骨，不知道為何，他總覺得這些頭骨很不對勁。

「太恐怖了，這是甚麼情況？」賽琳娜緊張地問查拉。

「這……」想不到查拉也是一臉錯愕，結結巴巴地說：「我……我也不知道……」

「噢，頭骨在動！」詭異的氣氛之下，布布路又有了更不可思議的發現，那些頭骨正在以肉眼難以察覺的速度，緩慢地錯動着位置！

「後退！」帝奇警覺地大喝，一行人慌忙拽着戈壁蜥蜴向後撤。

沙沙，沙沙沙……

陣陣讓人毛骨悚然的聲響，就像是有無數個看不見的人在沙層下竊竊私語。

隨着細碎聲響的變大，地面也隨之顫動起來……整片戈壁如沸騰的水面一般翻湧、起伏，更多的頭骨爭先恐後地鑽出沙層，就像突然活了過來一般！

「天哪！」餃子只覺得頭皮發麻，怪叫道：「如果說剛才那是千瞳石窟，那這裏簡直是萬頭戈壁！」

大家難以置信地看着成千上萬顆有如雨後春筍般拱出沙層的頭骨，不斷向同一個方向蠕動、聚集，而那個方向正是布布路他們所在的地方！

「不對勁！有腳！這些頭骨長着腳！」隨着頭骨大軍的逼近，布布路赫然發現那些頭骨只有上半部分的空殼，空殼下則露出一排排噁心的蟲足！

「不……不是頭骨，是蟲子！」帝奇面色鐵青，他終於知道為甚麼覺得這些頭骨不對勁了，因為這些頭骨比正常人類的小多了，根本就不是頭骨，而是蟲背上的甲冑。

誰也沒想到，沙層下密密麻麻蠕動的是成千上萬隻大甲蟲，它們揮動着有如鐮刀般佈滿鋸齒的尖足，不斷開合的鋒利口器發出如同冷兵器摩擦聲的刺耳噪聲。

咔吧，咔吧……

甲蟲大軍破沙而出，排山倒海般翻湧過來——

天哪，這片戈壁根本是座恐怖的蟲窩！

「我突然覺得剛才的千瞳石窟還是個不錯的地方！」餃子顫聲道。

「這……頭上的觸鬚，還有爬動的樣子……我的天，它們是蟻蠊，化成灰我都能認出它們！救命啊！」賽琳娜崩潰地說。

在賽琳娜的提醒下，大家猛然醒悟過來……

除了那恐怖的頭骨甲冑外，這些甲蟲簡直和噁心的蟻蠊一模一樣，顯然是因某種原因而變異的變異蟻蠊！

預備生情緒控制測驗

這是成為怪物大師的必經之路!!!

MONSTER MASTER
+LOVE&DREAMS+

尊敬的讀者：現在你跟隨布布路一起踏上了成為怪物大師的道路！向所有的困難發起挑戰吧！

回故鄉的路危機重重，偏偏有個人莫名其妙地跳出來說，他可以當你的嚮導，讓你省時省力又安全地通關回鄉，你會接受這項提議嗎？

A. 不會。　B. 可能會。　C. 會。

■即時話題■

餃子：唉，我已經可以想像，回到十字基地後，黑鷺老師將一張寫有巨額賠款的帳單狠狠摔在我臉上的情形了……

布布路：對不起，四不像又犯錯了。

四不像：布魯，布魯布魯！（翻譯：本大爺才沒做錯呢！笨蛋奴僕！）

餃子（沮喪）：唉，其實一切都應該怪我，都是我讓大家深陷險境……

四不像（翻白眼，鑽回棺材）：布魯！

布布路：喂，四不像，你又要睡覺了嗎？

帝奇：四不像是不是得了重度嗜睡症？從時之塚回來之後，除了吃飯，其他時間它就一直處於睡眠狀態。

布布路：我也不知道……也許它只是單純地無視我，嗚嗚嗚……

完成這個測試後，你可以鑒定自己作為一個怪物大師預備生在情緒控制方面達到了甚麼程度。
測試結果就在第十二部的 210，211 頁，不要錯過哦！

新世界冒險奇談

第七站 STEP.07

重回塔拉斯

MONSTER MASTER 11

勇敢與睿智的步伐

面對鋪天蓋地襲來的變異蟻蠊大軍，餃子三人第一次有種不戰而降的衝動。

布布路卻笑嘻嘻地說：「既然是蟻蠊，那就沒甚麼好怕的了！我們之前在打掃東塔樓的時候，不是用殺蟲劑就把它們解決了嗎？你們有沒有帶殺蟲劑呀？」

餃子三人齊齊搖頭，布布路這才苦惱地抓着後腦勺說：「沒有殺蟲劑？那可麻煩了……」

轉眼間，變異蟻蠊大軍近在眼前了！

「我的祖先從來沒提過這裏有蟻蠊啊！」查拉的臉上寫滿疑惑。

「我們召喚出怪物們，硬衝過去！」餃子拿出怪物卡，準備叫出藤條妖妖。

但賽琳娜頭暈目眩，連步子都邁不動了，她用顫抖的嗓音說：「可是……我們不知道這戈壁地下還有多少變異蟻蠊，要是硬衝，反而把窩裏的蟲子都引出來了就不好了……」

就在這時，帝奇目光一凜，注意到這一大羣蟻蠊中有個奇怪的地方：「你們看！」

布布路定睛看去，果然發現有幾隻沒有頭骨甲冑的甲蟲。賽琳娜強忍不適，為大家解說：「那幾隻是某種食草甲蟲的變種，奇怪，蟻蠊好像沒發現隊伍中混入了『異類』。」

「異類？」查拉突然一把拽住帝奇，「快把那幾隻食草的甲蟲抓過來，我有辦法了！」

帝奇反感地甩開查拉，手中卻驀然閃出幾道銀光，咻咻咻，數道蛛絲應聲射出，將幾隻混跡在蟻蠊中的食草甲蟲纏住，拖到大家面前。

受驚的甲蟲足部亂蹬，口中冒出一股股散發出腥臭氣息的綠色黏液。

「大家把黏液塗到身上！」在大家充滿期待的注視下，查拉說出一個匪夷所思的建議。

帝奇的眉頭擰得能擠死蒼蠅，冷冷地扭開頭：「想都別想。」

「相信我！」查拉率先往自己身上開始塗黏液，「蟻蠊是羣居動物，通過氣味來探尋周圍的一切，在它們的巢穴裏有時會悄悄混進其他昆蟲，但這些昆蟲不僅不會被吃掉，還能分到食物，因為它們體內能分泌出與蟻蠊一樣氣味的體液，讓蟻蠊將它們誤認為是同類。如果我們身上塗上這些蟲子的體液，蟻蠊說不定也會從氣味上將我們當作同類。」

「雖然很噁心，但比起硬闖，這的確是不傷一兵一卒的上上策⋯⋯」餃子贊同地點點頭。

餃子話音未落，布布路已將自己從頭到腳塗滿黏液，只剩下圓圓的眼睛閃閃發亮，他興奮地說：「能偽裝成蟲子簡直太有趣了！我很早以前就想這麼試試！」

布布路奇怪的思維模式再度讓大家大跌眼鏡，沒等他們反應過來，布布路又將黏液迅速地塗往賽琳娜和餃子身上，兩人只好無奈接受。最後三人不懷好意的目光都集中在帝奇身上——

「你們要是敢⋯⋯」還沒等帝奇把狠話撂完，三人一擁而上，帝奇也沒能倖免於難。看到噁心的黏液沾了一身，帝奇只能眼角帶淚，將巴巴里金獅收入怪物卡。

聽到外面動靜的四不像，原本打算出來湊湊熱鬧，剛從棺材裏探頭正好看到這一幕，立即縮回棺材內，決定在離開之前絕不從棺材裏出來。

很快，五個人以及兩隻戈壁蜥蜴渾身都塗滿了噁心的黏液，那一羣變異蟻蠊也已經近在咫尺⋯⋯

靠近看，大家愈發覺得這種蟻蠊跟東塔樓的截然不同，它們摩拳擦掌，似乎極具攻擊性。

布布路架住幾乎要暈厥的賽琳娜，餃子和帝奇警惕地擺出架勢，準備隨時防禦。慶倖的是，查拉的辦法十分奏效，食肉蟻蠊像是完全沒意識到他們的存在，目不斜視地從大家身邊爬過。

幾分鐘後，大家一路暢通地走出了遍佈變異蟻蠊的戈壁……

當青色的季風輕撫過身體，大家雙腳踏上了青嵐大陸的地界時，餃子看着渾身髒兮兮的夥伴們，攥緊了拳頭，心中暗暗決定這次不再逃避，勇敢承擔起命運賦予自己的責任……

難以置信的身份

此時太陽還沒落山，陽光照在雲層的上方，一座恢宏大氣的城池在地平線上緩緩升起，紅色的宮牆，高大的屋脊，鎏金的琉璃瓦，高聳的塔樓，層層飛翹的屋檐……

「這裏就是塔拉斯！」看到熟悉的場景，餃子心中淡淡的哀傷和久違的欣喜交織着，感慨地給同伴們介紹道，「塔拉斯的城池講究對稱和工整，多用龍鳳等祥瑞之獸彰顯大氣。你們看，前面就是塔拉斯的朱雀門。」

順着餃子的手指，大家看向位於城牆正南方的高大城門，城門的柱身用料全部是純正的漢白玉石，門檻上刻有線條優美的藤蘿花紋，磨磚對縫的門洞扎實而端正，鑲滿整齊金色鉚釘的紅色城門華貴而大方。

城門口十分熱鬧。一輛輛載滿商品的貨車被源源不斷地推進城內，進出的百姓都穿着乾淨整潔的衣服，一派富足的樣子。

「噢噢噢，餃子的家鄉好氣派啊！」布布路羨慕地說。

「我們這樣子進去會不會被趕出來啊？」賽琳娜沮喪地看着渾身髒兮兮的甲蟲黏液，「要不要讓水精靈用最小力量的高壓水槍給我們洗個澡啊……」

「呃，那樣恐怕只會由黏糊糊的鼻涕蟲造型換成濕漉漉的落湯雞造型吧？」餃子歎口氣。

被黏液噁心得幾乎靈魂出竅的帝奇突然回魂般目光一閃，對金獅巴巴里下令——

「獅王咆哮彈！」

毫無預兆地，一股強勁的颶風朝布布路四人和查拉迎面吹來！

餃子完全沒有準備，被吹得一個趔趄，面具都差點掉了，賽琳娜捂着耳朵背對着風蹲下身子，只有布布路因為背着沉重的金盾棺材能勉強站立。

正面承受了金獅巴巴里的獅王咆哮彈「洗禮」之後，賽琳娜耳朵嗡嗡直響，剛想對帝奇發火，就看到帝奇一臉嫌棄地將身上最後一滴沒有被聲波震掉的黏液甩到地下，然後對大家說道：「還是這個辦法最快最方便。」

「噢噢噢，帝奇好聰明啊，這真是一個好辦法！」布布路甩

甩腦袋，恍然大悟。

餃子和賽琳娜也只好勉強接受了這「粗暴」的清理方式，把已經到嘴邊的怨言又吞了回去。

「到這裏事情就成功一半了，也是老朽告退的時候了……」查拉理了理衣服，突然出聲告辭。

「你不跟我們一起去嗎？」大家正疑惑，餃子眼尖地發現城門下一隊巡邏衛兵正緩緩靠近，查拉趁機隱入人羣之中，只留下一句忽近忽遠的「後會有期」。

餃子畢竟是塔拉斯的通緝要犯，大家不敢掉以輕心，不敢直衝城門，只好沿着城牆小心接近。

臨近朱雀門，餃子突然頓住了腳步：「我想我知道他為甚麼

要離開了……」

只見城門附近的城牆上，貼着一長排通緝令，而上面通緝的要犯正是查拉！

對查拉的身份餃子曾有過各種猜測，但他絕沒想到，查拉竟然是塔拉斯的通緝犯！

布布路幾人心頭也打起了鼓，查拉一路的表現讓大家漸漸對他卸下防備，「蟻螊事件」中，他的急中生智更是讓大家不由得對他產生了一絲敬佩之情。

可是，為甚麼他會被塔拉斯通緝呢？幾人剛想上前看清通緝令上的內容，城門口站崗的衛兵們似乎發現了甚麼，他們手持一張紙，朝這邊看過來。

「噢，他們手裏拿的是我們在蘭特港逃走時的照片！」布布路心虛地小聲說。

糟糕，火燒蘭特港的事已經傳到塔拉斯了！賽琳娜臉色大變。

「我有辦法，」餃子瞇了瞇狐狸眼，似乎想到了甚麼妙計，「大家跟我來！」

大家跟着餃子扭頭就跑，反應過來的衛兵們急忙追上來，但城牆下哪兒還有布布路他們的影子，四人就像憑空消失一般不見了。

衛兵們面面相覷，壓根兒想不到那四個可疑的人就在他們腳下。原來，餃子帶着大伙兒鑽進了一條位於城牆之下的隱祕通道裏。

「哦，好黑，好擠！」通道錯綜複雜，潮濕狹窄，只能勉強供一人通行，賽琳娜狐疑地咕噥：「餃子，你帶的這是甚麼路啊？」

「該不會是狗洞吧？」先是被塗了一身噁心的蟲子體液，現在又被塞進地道，帝奇的臉黑得像幾百年沒洗過的鍋底。

「你們把心放進肚子裏吧，到了塔拉斯，就等於到了餃子大爺的地盤，這城裏的每一條街道、每一條暗巷我都瞭若指掌。」餃子熟門熟路地在前面帶路，得意地說：「這條祕密通道是我小時候為偷偷溜出王宮，和好友戈林花半個月時間挖出來的。」

「戈林？」布布路覺得這個名字似乎有些耳熟，但一時想不起來在哪兒聽過。

「順着這條密道，能避開朱雀門的守衛，直通塔拉斯的貧民窟……也就是我出生和童年生活的地方。」提到出生地，餃子難掩忐忑，「不知那裏現在怎麼樣了……」

希望之光

布布路他們灰頭土臉地爬出祕密通道，一看到通道外的情景，大家全都傻眼了。

眼前根本沒有甚麼貧民窟，只有一片鬱鬱葱葱的綠地。

「哇，餃子的家鄉好有錢！連貧民窟都這麼豪華！」布布路雙眼冒出羨慕的小紅心。

「餃子，你是不是太久沒回國，記錯路了？」賽琳娜納悶地四下打量，這裏哪兒有貧民窟的影子，簡直是座精心打理的王室花園。

餃子腦海中浮現出昔日貧民窟凋零破敗的場景，再看看眼前這片開滿鮮花的綠地花園，頭頂冒出一串問號——難道真走錯路了？

片刻之後，餃子的目光落在綠地中央的一棵古樹上，眼神終於為之一亮。

「這裏是貧民窟，我沒記錯！」餃子肯定地朝着那棵枝繁葉茂的古樹走去。

大家忙好奇地跟過去，那是一棵樹齡至少百年的古榴木，樹身足足要幾個人合抱才抱得過來，樹看起來被照顧得很好，四周圍着一圈擦得乾乾淨淨的白漆柵欄。

「小時候，我和媽媽的小屋就在這棵樹下。」餃子撫摸着古榴木粗糙的樹身，眼角閃出點點淚光，「記得每到春天，古榴木會開出滿枝丫鮮豔的紅花，媽媽抱着我坐在樹下，曬太陽，講故事，每當這時，住在隔壁的戈林就會跑來蹭故事聽……」

「媽媽也常常給我唱好聽的童謠，我最喜歡摘下紅花別在媽媽的髮髻上，看到媽媽臉上幸福的微笑，是我童年時光裏最美麗的記憶。

「媽媽去世後，我被父王接回王宮……我時常和大哥講起古榴木下的快樂時光。大哥答應我，如果他當上國王，會改善貧民窟的生活，讓陽光普照到塔拉斯的每一個角落。他還說會將那棵寫滿我和媽媽最重要、最溫暖回憶的古榴木保留下來精心照顧……沒想到如今大哥真的做到了，可惜媽媽沒法親眼看到

了……」

「嗚嗚……」餃子的述說讓布布路眼淚鼻涕齊飛，哭得稀哩嘩啦。賽琳娜和帝奇也不禁眼眶泛紅。

「咳咳，」想到還有要事要辦，餃子自行斬斷了腦海中的回憶，「前頭好像很熱鬧！我們過去看看吧。」

「嗯……」大家帶着重重的鼻音回應道。

綠地前方是一條一眼望不到頭的馬路，路上人來人往，兩旁商舖雲集，五花八門的商品擺滿櫥窗，熱鬧而繁華。

餃子感慨地東張西望：「你們看，這堵青磚牆，那座鞦韆，還有那口古井……沒錯，這就是當年的貧民窟！只是……」

一切都不一樣了，馬路變寬了，房屋翻新了，原本污水橫流的貧民窟變成一片欣欣向榮的城區，最重要的是，人們臉上絕望的表情不見了，取而代之的是幸福與喜悅。

餃子難以置信地看着眼前的一切。記得小時候，貧民窟裏滿是灰塵和垃圾，一日三餐只能吃些發硬發臭的麪包，肉和水果是夢中才會出現的奢侈品，人們總是穿着打滿補丁的衣服，甚至在酷寒的冬天都沒有鞋穿，所以對外面充滿好奇的餃子只能和當時的好友戈林偷偷挖密道溜出去開眼界。

但現在，孩子們在街道上歡聲笑語，吃着新鮮的水果和熱騰騰的飯菜，穿着厚厚的棉衣和毛茸茸的暖鞋……

「布魯布魯！」熱鬧的街市讓四不像從沉睡中甦醒，噌的一聲從棺材裏跳出來，拖着長長的口水，沿街瘋狂搶食，街道上傳來小孩子們不絕於耳的哭喊聲：

「媽媽，一隻難看的怪物在吃肉包子！」

「嗚嗚，我的棒棒糖被搶走了！」

「救命啊，紅毛怪物咬我的臉臉！」

「布布路！」賽琳娜叉着腰，憤怒地衝着布布路獅吼：「管管你的怪物！」

布布路在烤肉攤前吃得滿嘴流油，哪兒聽得見大姐頭的叫罵？

帝奇只好黑着臉把自己的錢包塞給大姐頭，示意她趕緊幫那倆傢伙付錢，免得把巡警引來。

餃子站在熙熙攘攘的人流中，視線被喜悅的淚水模糊了……

新世界冒險奇談

第八站 STEP.08

意外的重逢

MONSTER MASTER 11

隔着面具的相見

人們雀躍着朝街道前方奔走。

布布路好奇地拽住一個小孩子：「你們這是要去哪兒？」

小孩子揚起肥嘟嘟又紅潤的小臉，奶聲奶氣地告訴大家：「看王室遊行！」

「你們不是本地人？」小孩子父母熱情地介紹道：「我們塔拉斯的新國王可是位百年不遇的明君！剛登基就改造貧民窟，還為百姓提供許多工作的機會，讓大家都過上好日子。每個月國王都會親自來貧民窟視察，今天剛好是國王出行的日子，百姓們都要去歡迎愛民的好國王！」

「你大哥很受百姓歡迎啊。」賽琳娜小聲對餃子說：「我們要不要也跟去看看啊？」

「嘿嘿，我大哥長得也一表人才呢，大家一定把他當偶像看了。」餃子佯裝不在意地開起玩笑，內心卻波濤翻滾。毫無疑問，他十分想見大哥一面，哪怕只是遙遙看一眼，但他也知道，那很有可能會把同伴們全都置於危險之中……

想到這裏，餃子指着另一個方向：「我們還是不要耽擱了，直接去黑暗聖井吧……」

「少婆婆媽媽了，想見就去見！」誰知帝奇和賽琳娜早看穿了餃子蹩腳的演技，一左一右拉着餃子跟隨人流而去，布布路也從身後推着餃子。

餃子被三個同伴拉扯着，跟着人潮來到王室隊伍經過的街道。

一列整齊而英挺的王室衞兵簇擁着一輛輛馬車，緩緩地在馬路中央行進着，在最前頭的馬車上，餃子終於看到闊別多年的大哥——塔拉斯的國王。

「餃子和他大哥好像哦！」布布路興奮地對帝奇耳語。

「好年輕、帥氣的國王！」賽琳娜的眼中閃動着小紅心，餃子大哥的五官和餃子十分相似，只是個子更高，氣質更優雅，舉止更高貴……總之，和輕浮的餃子截然不同……大姐頭情不自禁地做起王妃夢。

而且，餃子的大哥完全沒有國王的架子，他親手將王室馬車上滿載的食品和衣物分發給百姓，還不時親切地叮嚀老人和小孩要小心。

「國王萬歲！」

「國王萬歲！」

百姓們用熱情的呼聲回應國王，看向國王的眼神中充滿仰慕和擁戴。

「餃子，你大哥真是個好國王！」布布路由衷地誇讚道。

餃子呆呆地看着大哥，大哥的動作在他眼裏變得像慢動作一樣，連在風中飄動的髮絲也變得清晰可見……一個回憶中的聲音在餃子耳畔響起——

「我不贊同父王對塔拉斯採用威懾的統治方式。我認為，要讓百姓擁護這個國家，贏得他們的信賴要遠遠好過讓他們覺得畏懼。」

現在看來，大哥的方式是對的，在他的統治下，塔拉斯的未來會更好的……

這時，遠處的王室馬車上，也許是兄弟之間血濃於水的心靈感應起了作用，國王突然抬起頭，目光穿過層層人羣，隔着狐狸面具和餃子四目相對。

剎那間，國王的臉上浮現出疑惑的神情。

空氣彷彿在一瞬間凝結了，餃子屏住了呼吸，似乎連血液都停止了流動，大哥認出他了嗎？

布布路三人全都心跳如鼓，掌心捏出了一把冷汗，心想，這麼遠的距離，還隔着狐狸面具，國王應該不可能一眼就認出餃子吧，可是……這真的是巧合嗎？

只見國王撥開了身邊的隨從，從王室馬車上跳下來，腳步有些踉蹌地朝着人羣中的餃子走過來，百姓自動讓出一條路。

國王的眼睛一眨不眨地直直盯着餃子，那深邃的目光彷彿能穿透狐狸面具，看清他的真實面容，看到餃子心裏去。

天哪！這下大家確定了，國王認出餃子了！

餃子想要背過身逃離這裏，但腳卻像是生根似的定在原地，無法挪動半步。

如果可以的話，他甚至還想先上前擁抱大哥，告訴他：大哥，我回來了……

國王會對餃子說甚麼呢？雖然此時此刻兄弟相認也許是一件很危險的事，但布布路三人仍忍不住在心底暗自期待着出現感人的重逢畫面。

然而，就在國王與餃子之間的距離只剩下三步之遙的時候，突然，國王眼中閃過一抹凌厲之色，表情陡然一冷，抬手喝道：「來人，把這個戴面具的拿下！」

國王一聲令下，身手矯健的王室衛兵立刻一擁而上，將餃子架了起來。

糟糕！布布路三人懊悔不已，貧民窟的變化和國王為餃子做的一切讓大家大意了，忽視了餃子的身份還是通緝犯，一旦被逮捕，就會被定下重罪啊！

必須救出餃子！三人正打算上前搶人，餃子卻揚手阻止了他們，三人只能眼睜睜地看着王室衛兵將餃子五花大綁地塞進馬車，揚塵而去……

難以逾越的王宮圍牆

布布路他們偷偷跟着王室隊伍，來到王宮前。王宮的建造風格和餃子介紹的一樣，採用的是嚴謹的對稱格局，一座座飛檐凌厲的城樓建造在層層向上堆疊的城牆之上，造型工整，以遞進的高度突顯王室的威嚴和氣勢。

在一道水勢湍急的寬闊護城河的阻隔下，金碧輝煌的宮殿有如坐落在遠離塵囂的雲端。

「哇，王宮的圍牆好高！」布布路仰頭稱歎。

不過，比起架設着橋樑的護城河，更讓布布路他們頭疼的還是那圈厚重、森嚴的高大城牆，沒有藤條妖妖，要翻牆可沒那麼容易。

布布路猴子一般憑藉着本能，手腳並用地撓着牆往上爬，帝奇則噔噔噔地甩出數把飛刀，錯落有致地從下到上釘在牆上，身手敏捷地踩着飛刀把，輕盈地躍上圍牆。

「好厲害！」布布路歎為觀止地看着一轉眼就把自己甩下一

大截的帝奇。

然而帝奇的腦袋才剛探出牆頭，一張血盆大口突然撲了上來。

「呵！」帝奇生硬地別過身，躲開突襲，但整個人也頭朝下地從高高的圍牆上跌落。

事情發生得太突然，布布路和賽琳娜完全來不及接應，好在帝奇經驗豐富地在空中翻轉半圈，借此減緩落地的衝力。單膝跪地落下之後，帝奇猛地抬起頭，目光銳利地射向牆頭——

一頭體形足有房屋那麼大的恐怖怪物從圍牆另一邊探出腦袋，齜着一口鋒利的獠牙惡狠狠地瞪着他們。

「不好，這是地獄巨犬！」能將怪物圖鑒倒背如流的賽琳娜迅速提供資訊，「超能系怪物，能力是『空刃之門』，能切開空間。」

「嗷嗚——」

地獄巨犬氣勢洶洶地從城牆上一躍而下，巨大的犬頭上站着一個穿着王宮侍衛制服的人，而且那人看起來十分面熟。

「他是我們在蘭特港遇到的古武術很厲害的搜查官！難怪他能神出鬼沒地出現在我身後，原來是地獄巨犬的能力讓他利用被切開的空間產生了瞬間移動般的效果！」布布路一拍腦袋，「這麼說，他也是怪物大師嗎？」

「真是冤家路窄，怎麼又撞到他手裏了？」賽琳娜叫苦不迭。

地獄巨犬轟轟地走到三人面前，年輕搜查官居高臨下地站在巨犬頭頂，厲聲呵斥道：「你們好大的膽子，竟敢私闖王宮！」

與此同時，城牆內傳來陣陣吵嚷和腳步聲，更多的王宮侍衞循聲趕過來了……

如果被逮到就麻煩了！布布路雙拳緊握，帝奇和賽琳娜也握緊怪物卡，在大批侍衞趕來之前，得先擺脫這個搜查官和他的怪物。

三人還沒出手，就聽對方又喝道：「你們還愣着幹甚麼？還不趕緊走！」

年輕搜查官的怒斥似乎是讓他們趕緊逃走。布布路三人一愣：難道聽錯了嗎？

三人警惕而疑惑地後退，見對方

確實沒有追上來的意思，才放心地扭頭撒腿狂奔。

出人意料的皇榜公告

轉眼間，夕陽西沉，暮色籠罩塔拉斯。

布布路三人遠遠望着王宮，心急如焚。對王宮的暗探失敗了，除了地獄巨犬，不知塔拉斯森嚴的城牆內是否還有甚麼更可怕的防禦力量……

至於那個年輕搜查官，大家更是百思不得其解，他放走大家的目的是甚麼呢？

咚咚咚！

王宮正門的方向傳來急促的擊鼓聲，在鼓聲的吸引下，塔拉斯百姓紛紛趕到城門下駐足觀看。

布布路踮腳張望：「王宮門前的佈告欄貼出一張新皇榜。」

該死，不會是宣佈處死餃子的通告吧？三人焦急地混在百姓中，上前探看皇榜——

今日，塔拉斯失蹤多年的王族繼承人長生歸國，依照本國慣例，明日將重新選舉國王，特此詔告天下。

塔拉斯二十三世國王　長安

看完皇榜，布布路三人長出了一口氣，布布路納悶地嘟囔：「長生是誰？」

「是餃子吧？」賽琳娜看着皇榜上的畫像，雖然有點稚嫩，但面目的確是餃子，沒錯。

「布魯，嘎嘎嘎！」四不像高高坐在棺材頂上，指着餃子穿着王子服飾的稚嫩照片，笑得前仰後合。

「噢噢噢，原來餃子的真名叫長生，他大哥叫長安。」布布路撇撇嘴，心想還是餃子比較好聽。

「通緝令都擴散到琉方大陸了，好不容易抓到要犯，為甚麼不加以懲罰，反而……」帝奇滿臉困惑。

相比疑竇叢生的布布路三人，周圍百姓的反應十分熱烈。

在百姓的議論聲中，三人的疑問迅速被釐清。作為崇尚強者為王的國度，王族繼承人一起進入黑暗聖井互相殘殺，活下來的那個強者成為國王，這不僅符合塔拉斯的風俗，還被定為高於一切的王族律例。

也就是說，重返王宮的餃子非但沒有淪為階下囚，反而重新獲得了王族繼承權……

「快看，國王出來了！」人群中爆發出亢奮的歡呼。

人們抬頭仰望，只見王宮最高層的平台上，走出兩個衣着錦緞華服的人。步伐從容的無疑是塔拉斯的現任國王長安；在國王身邊那個戴着狐狸面具、走得彆彆扭扭的人正是餃子，也就是王子長生。

「國王必勝！」

「國王必勝！」

陣陣聲浪形成整齊劃一的口號，所有百姓都一邊倒地支持寬厚仁愛的現任國王，好像餃子是甚麼可惡的大反派一樣。

布布路他們擔憂地看着餃子，他們太瞭解餃子了，如果他和國王必須再次在黑暗聖井中廝殺，並且兩個人只能活一個，餃子極有可能像之前一樣選擇自我犧牲！

「你們注意到沒有？」賽琳娜狐疑地看着高台上的餃子，他的手指一直在怪異地動着，彷彿是在打甚麼暗語，可是大家怎麼也看不懂他比畫的手勢是甚麼意思……

「誰？」布布路感覺肩頭一沉，一個人無聲無息地出現在他身後，是那個在宮牆下故意放走大家的年輕搜查官！

「布魯！」四不像充滿敵意地齜牙咧嘴。

年輕搜查官無視四不像的挑釁，對布布路說：「餃子是在跟我打暗語，你們要是想救他的話，就跟我走。」

「我們憑甚麼相信你？」賽琳娜警覺地問。

帝奇謹慎地朝高台上看去，餃子正遠遠地衝大家點頭，似乎是讓大家跟這個搜查官走。

既然餃子都點頭了，布布路三人壓住心中的疑惑，安靜地跟着年輕搜查官退出人羣……

預備生情緒控制測驗

你很清楚自己若是和久違的親人見面，便很有可能被發現通緝犯的身份，然後被抓捕，你會強忍思念，不去見親人嗎？

A. 不會。　　B. 可能會。　　C. 會。

■即時話題■

餃子：幾年不見，我大哥真是愈長愈帥了，我覺得這個世界上只有他才可以和我這樣的美少年媲美！你們看，他的鼻子多麼英挺，眼睛多麼深邃，身姿多麼挺拔，舉止多麼優雅……和我多麼相像。

賽琳娜：我以前就想問了，餃子其實你深愛哥哥的程度已經超越常人了吧？

餃子：甚麼啊，我這是在變相證明自己長得帥，你們都沒聽出來嗎？
（布布路三人面面相覷）

餃子：我對你們的理解能力真是太失望了！哼！

完成這個測試後，你可以鑒定自己作為一個怪物大師預備生在情緒控制方面達到了甚麼程度。
測試結果就在第十二部的 210，211 頁，不要錯過哦！

MONSTER MASTER +LOVE & DREAMS+

這是成為怪物大師的必經之路!!!

尊敬的讀者：現在你跟隨布布路一起踏上了成為怪物大師的道路！向所有的困難發起挑戰吧！

新世界冒險奇談

第九站 STEP.09

黑暗聖井

MONSTER MASTER 11

王宮侍衛團團長──戈林

年輕搜查官帶着布布路三人轉入一條暗巷，確定沒被跟蹤後，他停下腳步。

「我叫戈林，是塔拉斯王宮侍衛團的團長。」迎着三人詢問的眼神，年輕搜查官開門見山地自我介紹。

「戈林？」布布路重複着這個名字，突然，腦子如遭雷擊般猛然醒悟過來，「我想起來了，在蘭特港的時候餃子就說過這個名字……」

「你就是和餃子在貧民窟一起長大的好朋友？」帝奇警惕地打量着戈林，回想起來，在港口和王宮城牆，戈林刻意放走了他們兩次。

「沒錯，其實我在港口就認出他了。那小子還以為戴個面具就能瞞過我的眼睛，就算他整了容，不，也許化成灰我也能認出他，不過沒想到他還用着在貧民窟生活時使用的名字。」戈林神態自若地說：「剛才他在高台上比畫的手勢是我們小時候發明的暗語，只有我倆才懂。他讓我轉告你們不要擔心，另外，切記不要為了救他而硬闖王宮。」

「哇，原來你是餃子的好友啊，我們是餃子在摩爾本十字基地的好夥伴！」一聽是餃子的童年玩伴，布布路立刻自來熟地打起招呼。

跟單純的布布路不同，賽琳娜謹慎地詢問道：「可是……為甚麼你會成為王宮侍衛團的團長呢？」

「因為……」戈林碧綠的眼眸閃動着，將餃子不在的這兩年中所發生的事告訴大家——

餃子失蹤後，長安成為塔拉斯的新國王。他登基後推出了一系列卓有成效的改革政策，並親力親為地走訪民間，考察民情，瞭解百姓的需求。

貧民窟是國王最早走訪的地方之一，但貧民窟的百姓十分痛恨權貴階層，對王族抱有畏懼和敵意，尤其是戈林，他不相信餃子是通緝犯，認定是新國王嫁禍給餃子。戈林當眾對新國王出言不遜，還狠揍了他一拳。

冒犯王族是要被判死罪的，戈林也有了必死的決心，但令人意外的是，國王並沒有怪罪戈林，而是告罪道：「對不起，我應該早一點來看望大家。」

之後，國王親自參與貧民窟的改建，還為貧民窟裏像戈林一樣的窮苦孩子建造學校。

對於當眾冒犯他的戈林，國王甚為賞識，他認為戈林不僅重情重義，還十分勇敢，敢於向強權發出質疑，因此國王把戈林送到青嵐大陸上的怪物大師基地學習。國王的仁義和寬容讓戈林欽佩不已，對於餃子的事，戈林相信國王一定有甚麼難言的苦衷。

成為一名怪物大師後，戈林主動要求加入王宮侍衛團，忠心為國王效力。不久前，表現出眾的戈林被國王破格提升為團長。

「餃子的哥哥真是位好國王。」布布路聽得十分感動。

「唉，為甚麼餃子和他哥哥必須爭個你死我活呢？」賽琳娜唏噓道。

「勝者為王，繼承者的對決從來都是如此殘酷……」帝奇似乎想到了甚麼，目光若有所思。

「放心，餃子有他的想法，他讓我轉告你們，今日零點七顆啟明星連成一線，在這奇異天象停留的一天內，黑暗聖井會處於自動開啟狀態。天亮之後，王位之戰就會在井中展開，因此餃子希望趁天黑埋葬千目珠，在天亮前離開塔拉斯，避免手足相殘的王位之爭。他需要你們幫忙，這是他托我帶給你們的密道地圖，餃子會在密道盡頭等你們。」

戈林將事情交代完，遞給他們一張地圖，告辭道：「作為王宮侍衛團的團長，我不便久留，一切就拜託各位了。」

出錯的計劃

賽琳娜手持地圖，按照門上的標誌，幾人很快在王宮的宮牆外找到隱藏的入口。

看着那被木架和土石隱藏得十分巧妙的洞口，想到大家之前進入塔拉斯城內的通道，布布路心中油然生出對餃子濃濃的「欽佩」之情：「餃子小時候到底在塔拉斯挖了多少地道？」

「這傢伙連王宮都不放過。」賽琳娜皺眉看着黑黢黢的通道，「希望這條通道能寬敞一點，不要動不動就被卡住。」

「走吧！」帝奇率先跳下去。

通道向下傾斜，但卻異常平整毫無阻擋，三人加快腳步向前摸索，很快，一個熟悉的背影出現在通道盡頭處。

「餃子！」布布路興奮地衝過去。

「你沒事吧？」賽琳娜關心地上下打量餃子。

「你們怎麼來了？」餃子的反應出乎大家意料，他難以置信地看着三個同伴，「我不是讓戈林給你們出城的地圖，讓你們在城外等我嗎？」

布布路一頭霧水：「不對啊，他給我們的是進王宮的地圖，他說你讓我們來幫你。」

「糟糕……」帝奇臉色大變，扭頭一看，剛才的通道消失得無影無蹤，身後的牆壁完整得看不出一絲縫隙。

這是怎麼回事？通道竟然憑空消失了！賽琳娜和布布路同樣疑惑極了。

布布路一拳打下去，只聽見一聲厚重的悶響，濺起幾顆碎石，牆壁異常堅硬，似乎也沒有甚麼機關。

「我們究竟在甚麼地方？」賽琳娜困惑地看着四周。

大家身處的通道盡頭，竟是一口巨大豎井的中央，環形的井壁上方，用磚頭堆砌的石階一圈圈呈螺旋狀向井口延伸着，陰冷的風從井口吹進來，帶來陣陣寒意……

布布路的鼻子抽動着，覺得空氣中瀰漫着濃濃的血腥味。

「這就是黑暗聖井。」餃子苦笑。

布布路詫異得瞪大了眼睛，他們之前設想過多種進入黑暗聖井的方法，萬萬沒想到是以這種奇怪的方式，難道這牆壁有甚麼魔力嗎？

想到這裏布布路不依不饒地推了推牆壁上原本通道的位置，牆壁仍然紋絲不動。

餃子似乎想到了甚麼，急聲催促道：「不好，大家快離開。」

然而，來不及了——

咔嚓，咔嚓……

豎井上方突然傳來古怪的石頭錯動聲，大家忙警覺地抬頭——

從井口開始，螺旋形的石階正像瘋長的牙齒一般從石壁中紛紛伸長，一圈圈逐層咬合下來……

「噢噢，井要關閉了嗎？七顆啟明星明明還在，這是為甚麼啊？」布布路大惑不解。

更大的危機來自大家的腳下，布布路四人站立的位置明顯震動起來，腳下的石磚也錯動起來了！如果大家原地不動，恐怕無一倖免，全都會從井中央摔下去。

「向上的台階封閉了，大家向下走！」餃子緊張地招呼大家沿着石階向下跑。

咔嚓，咔嚓……

上層的螺旋石階毫不留情地層層合攏，頭頂的星光愈發黯淡。

就在這時，井口出現了一個熟悉的人影。

「是戈林！」布布路驚叫道。

餃子抬頭看去，戈林比畫了一個只有他們倆才懂的手勢，意思是——

餃子，對不起。

七 星連珠的啟示

是戈林背叛了餃子，算計了他們嗎？

容不得布布路他們細想，致命的危機已經襲來，隨着圓井一層一層地合攏，四人只能順着狹窄的螺旋石梯沒命地跑起來。

這是一場爭分奪秒的奪命逃亡，一旦被捲入逐層合攏的石階中，就會被碾成肉醬，錯動的石階更是崩落下如雨般密集而有力的石塊，砸在身上錐刺般地痛。

大家只能硬着頭皮拚命往下跑，一刻都不敢停……

跑，跑，跑……

一圈，兩圈，三圈……

不知跑了多久，就在四人精疲力竭、體能即將耗盡的時候，旋轉的石梯消失了，大家踩到了堅實的地面，隨之而來的是刺鼻的血腥味……

「這就是黑暗聖井的盡頭嗎？」布布路問餃子，卻見餃子失神地盯着黑漆漆的地面。

布布路朝地面仔細一瞧，不由得也呆住了——

就見黑漆漆的地上佈滿各種眼睛的圖騰，有男有女，有老有少，每一隻眼睛都閃爍着不同的情緒，驚懼的、悲傷的、憤怒的、詛咒的……一隻隻圓睜的眼睛全都望向聖井的上方，彷彿在祈求着升天的路。

看着這些散發着濃濃負面情緒的眼睛，四人渾身冒出層層雞皮疙瘩。

「這裏就是塔拉斯王族廝殺的地方，我所知道的黑暗聖井到此為止了……」餃子那刀刻般封存在心底的回憶不由自主地湧現出來……

他腦海中浮現起兄弟姐妹們的慘狀，還有伊里布那嘲笑的聲音——

「可笑的人類啊，接受命中注定的宿命吧……」

「餃子！餃子！你怎麼了？」布布路響亮的聲音在耳邊響起，將餃子從可怕的回憶中拉了回來。

「嗯，我沒事……」餃子努力定了定神，背在後面的雙手止不住地顫抖着，「再往下，就是自塔拉斯開國以來就被嚴格封鎖的禁地，從沒人下去過，我也不知道如何再往下走了。」

「查拉說過，天目塔分為上下兩截，英雄莫里斯是被葬在倒立的塔尖，也就是塔下半截的底層。我們一路順着石階走下來，並沒看到墓葬，可見這裏並不是千目塔的盡頭！」賽琳娜提醒道：「這裏沒有其他機關嗎？」

「不管有沒有機關，我看大家動作要加快了！」帝奇神情嚴峻地將一把飛刀向正上方射去，試圖卡住井壁上錯動的石階，但沒有用，石階轉眼間就將暗器碾碎。

石梯快要壓下來了！向下的路被這片佈滿眼睛的地面封死了，頭頂上不斷向下咬合的石階卻絲毫沒有停止的跡象！

大家頓時有種上天無路、入地無門的無力感……

餃子滿頭大汗地抬起頭，此時零點剛過，七顆啟明星高高地掛在天空，從層層旋轉閉合的石階中央留下的小圓洞透射下柱狀的光束……

「通向天目塔頂端的……機關……機關在哪兒啊?」餃子急得像熱鍋上的螞蟻。

布布路、帝奇和賽琳娜四處摸索，但誰也沒發現甚麼機關，眼看底層兩側的石梯也要閉合了，層層關閉的黑暗聖井落下最後一絲光芒……

「布魯布魯!布魯!」一陣聒噪的叫聲從布布路身後傳出來，四不像不知何時從棺材裏露出頭來，齜牙咧嘴地指着餃子狂叫。

「餃子……你在發光!」布布路驚訝地看着餃子。

餃子的衣服下正在發出微微的紅光，賽琳娜和帝奇憂慮萬分，難道餃子的身體又發生甚麼變化了?

「不是我在發光，是它!」餃子手忙腳亂地從口袋裏掏出金絲楠木盒，只見千目珠已經將盒子完全浸透了，無法抑制的紅光正試圖鑽出盒子!而井口上七星連珠落下的最後那線光芒像是得到某種召喚般，咻地投射在餃子手上的千目珠上——

轟!

一接觸到七星連珠的光芒，千目珠瞬間爆發出耀眼的強光，如同烈日爆炸般將金絲楠木盒炸得四分五裂，大家的眼前變得一片花白，甚麼都看不見了。

「哇哇哇!」混沌之中，大家感到腳下陡然掀起一股如同旋渦般的強大氣流，將他們一個個全都吸了進去……

新世界冒險奇談

第十站 STEP.10

令人絕望的蒸籠煉獄

MONSTER MASTER 11

煉火地獄

「嗡，好熱！」

昏昏沉沉中，一股燥熱的氣流鑽入鼻孔之中，布布路難受地大叫一聲，驚醒過來。

大家似乎仍身處黑暗聖井之中，只是井壁變得殘破不堪，四周的空氣也熱得讓人幾乎不能呼吸。

「好熱，好像蒸籠一樣。」布布路的衣服被汗水浸得濕漉漉的，他難受地撩開領口，想讓皮膚透透氣，但沒有用，這地方一絲風都沒有。而四不像也熱得吐出舌頭，大口喘着氣。

「我記得剛才餃子掏出千目珠，珠子吸收到七星連珠的光，然後就甚麼都不知道了。」賽琳娜皺着眉頭回憶，「這裏就是天目塔的下半截嗎？」

「都怪我連累了大家，我不該讓戈林替我傳話……」餃子愧疚地說：「戈林讓你們走的這條通道根本是不存在的，現在想來，那一定是他用地獄巨犬的祕技空刃之門製造的通道！這通道可以將人或物送往地獄巨犬或它的主人去過的有印象的任何目的地，不過因怪物級別不同，通道維持的時限也不同，我想，可能時間到了，因此空刃之門的通道消失了……恢復成了原本的牆壁……都怪我，讓大家一起被困在這個鬼地方了！」

想到戈林的所作所為，餃子感到有些傷感，黑暗聖井分明也是他從外面關上的，可是，從小一起長大的戈林為甚麼會背叛自己？短短兩年，難道發生了甚麼事嗎？又或者，大哥本來就沒打算給自己競爭的機會，所以才讓戈林偷偷下手……

「你的確不該讓戈林傳話，因為就算他轉達你的原話，我們也不會自顧自地出城，而把你一個人留在塔拉斯。」賽琳娜毫不客氣地捶了餃子一拳，打斷了餃子的自怨自艾。

「就是，餃子，我們不是原本要把千目珠送回塔底嗎？如果不是戈林，也許我們還下不來呢，這麼看來，我們還得感謝陷害我們的人呢！」布布路樂觀地拍着餃子的肩膀。

帝奇不耐煩地催促道：「既然來了，就別回頭，趕緊查探一下地形要緊。」

餃子不好意思再說喪氣話了，大伙兒咬緊牙關，頂着愈來愈熾熱的白霧，沿着殘破不堪的螺旋石階向下走去……

不知走了多久，布布路四人感到腳下愈來愈燙，到處都是張牙舞爪的火蛇，熊熊的烈焰將巖石全都燒得通紅，空氣更是被火光灼得像是沸騰的辣椒水，大家的皮膚有如針紮般地刺痛，眼睛也被濃煙嗆得生疼。

「天哪，我們這是到了煉獄嗎？」賽琳娜心驚膽戰地說。

「煉獄嗎？想不到有生之年我能見到！」布布路難以置信地感歎道。

地獄中的囚徒

劈劈啪啪！

熊熊燃燒的火海中不時發出巖石爆裂的聲響，沒一會兒工

夫，大家的汗水都被烤乾了，渾身上下紅得像是熟透的大蝦，腦門兒上都快冒出煙來了。

腳下的巖石像烤肉的鐵板一樣，鞋底發出油煎般的吱吱聲響。

「燙死了，燙死了！」餃子和賽琳娜不堪忍受地原地跳腳，痛叫連連。

帝奇還在強撐着，但腳板底的灼痛讓他的五官不斷抽搐。

「哇，煉火烤肉好香啊！」

「布魯，布魯！」

一轉眼，布布路竟然從棺材裏拿出食物，放在巖石上燒烤起來，和四不像一起吃得不亦樂乎。餃子三人非常無語，這樣的時候，布布路還有心情烤肉……

賽琳娜正準備衝上去給布布路一個栗爆，嘴裏塞滿烤肉的布布路，耳朵突然動了動，口齒不清地說：「咦？我好像聽見火海深處有人說話！」

「嗷嗚！」趁着布布路說話，四不像一口把他手裏的烤肉囫圇吞下肚，然後吃飽喝足地捧着肚皮鑽進棺材裏大睡去了。

「快帶路！」賽琳娜暴躁地看着滿嘴流油的布布路。

在大姐頭憤怒的獅吼下，布布路戀戀不捨地告別「煉火燒烤」，帶大家走進火光沖天的煉獄。

大伙兒蹚過數條熔巖細流，踩着燒得赤紅的巖石，在燒紅的巖壁上，發現了一個黑黢黢的洞口。

「說話聲就是從這個洞裏傳出來的。」布布路肯定地說。

一踏入洞中，一股腐爛般的惡臭就撲面而來。

偌大的洞窟裏擠滿了人，有男有女，有老有少，他們渾身皮膚似乎飽受烈焰摧殘，泛出焦黑的顏色，顯然被困在這裏很長時間了。

面對突然闖入的布布路四人，洞內的人都露出驚恐的神色，但更令布布路他們大吃一驚的是，這些人的額頭上都有一個黑洞洞的眼窩，但是裏面卻沒有眼珠！

「這……這些人是天……天目族的族人嗎？」賽琳娜驚得舌頭都打結了。

怎麼可能？天目族人不是在失去天目後變成普通人，漸漸從歷史上消失了嗎？這裏怎麼會有數量眾多的後裔存在？

「我不是在做夢吧？」眼前的一切讓餃子分不清是幻覺還是現實。

「請問你們是天目族的族人嗎？」布布路怔怔地問。

沒有人回答，那些人恐懼極了，瑟瑟發抖地縮在一起，猶如看妖魔鬼怪一樣地盯着四人。

「難道他們聽不懂我的話？」布布路傷腦筋地抓抓後腦勺，比手畫腳地說，「我們沒有惡意，只想去天目塔的塔底……」

「你們想要去塔底？」一位老人顫顫巍巍地從人羣中站出來，難以置信地盯着布布路。

大家眼前一亮，原來他們能聽懂，賽琳娜忙上前跟老人攀談：「老人家，請問怎麼稱呼您？這裏到底是甚麼地方？」

「我是天目族的長老，這裏是天目塔的下半截，」老人望着布布路他們，一字一頓地說道：「一旦到了這裏，就永遠出不去了！」

「為甚麼出不去？」布布路困惑地問。

「因為這裏的時間是停止的，在這個地方，人不會變老，也不會死去，只會維持着進來時的模樣，永遠接受着煉獄之火的煎熬。」長老聲音顫抖着說：「老朽和老朽的族人，已經被困在這裏上千年了！」

「上千年！」餃子倒吸一口涼氣，他從小就生活在皇宮裏，從來不知道黑暗聖井下囚禁着這麼多天目族的族人，餃子失神地嘟囔道：「怎麼會是這樣？」

長老長歎一口氣，回答道：「因為這裏是莫里斯用千目之力建造而成的。」

「莫里斯？」布布路眼前一亮，「我聽過這個名字，這個人是拯救天目族的大英雄！」

「英雄？」聽到布布路的話，長老露出了像是聽到天大的笑話的表情，搖頭道：「你們錯了，莫里斯不是英雄，而是天目族的罪人！這座天目塔就是他用來囚禁族人而建造的牢籠！」

被顛覆的英雄形象

在查拉講述的傳說中，莫里斯結合千目的力量，是犧牲生命擊潰獵殺者的英雄，可天目族的長老卻說，莫里斯是天目族的罪人，天目塔是一座煉獄牢籠。

這是怎麼回事？大家大惑不解。

「莫里斯確實曾是天目族的英雄，或者說，是族人誤把他當成英雄！」在布布路他們的追問下，長老回憶道：「當年，天目族在獵殺者的威脅之下，惶惶不可終日，莫里斯在困境中站了出來，在他說服下，族人同意讓他利用古老的咒語將所有族人第三隻眼睛的力量融合到他的第三隻眼中。」

「隨後，莫里斯運用『千目』的強大力量設計出千瞳石窟，石窟中的每一根石柱都能自如地移動，格局變化萬千，人一旦誤入其中，就會頓失方向感！之後，天目族不再遭受獵殺者的騷擾，過了一段安寧的生活。」

「原來千瞳石窟是莫里斯設計的，好厲害！」布布路驚歎道。

想到之前在千瞳石窟的遭遇，賽琳娜渾身發麻：「那些變異蟻蠊也是莫里斯弄的嗎？」

「是的！」隨着長老的講述，族人們臉上的情緒也由悲痛轉變為憤慨，「其實千瞳石窟並不能徹底杜絕獵殺者，所以，莫里斯又在石窟中飼養了可怕的變異蟻蠊，那些僥倖逃出千瞳石窟的獵殺者統統成為蟻蠊的盤中餐！」

「莫里斯承諾給族人的和平，居然建立在這麼血腥的屠戮之上！」餃子唏噓不已。

長老悲憤萬分地繼續說：「得知真相的族人十分震驚，向莫里斯抗議，可是族人直到這時才明白，『集合千目的力量抵禦外侵』只不過是莫里斯的藉口罷了，他覬覦的是古老傳說中集合千目所匯聚的那股強大的力量……露出殘暴嗜血本性的莫里斯就如同那些變異蟻蠊一樣，不僅不聽族人的勸說，反而將族人全都囚禁到由他親手設計的牢籠——天目塔中，讓族人不得生不得死，時時刻刻地飽受業火的焚燒……」

「那麼，莫里斯呢？」帝奇提出疑惑。

「莫里斯把我們困住以後就消失了，但他在天目塔的塔底飼養了一隻可怕的千目怪物，只要千目怪存在一天，天目族的族人永遠別想離開！」

結束回憶，洞窟內的天目族人全都沉默了，一張張慘不忍睹的臉上寫滿了悲憤。

「千目怪？」餃子重複着這個名字，心中浮起一種不祥的預感，他突然想到了甚麼，從口袋中摸出那顆血紅色的千目珠，謹慎地詢問道：「用這個能送你們出去嗎？您是否知道這顆珠子的用法？」

看到千目珠，長老和族人的反應異常強烈——

「天……天哪，這……這是千目珠！」

「救世主出現了！」

天目族的族人們眼裏閃出一絲難以言喻的光亮，齊齊跪倒在餃子面前。

「你們這是幹甚麼？快起來！」餃子被族人突如其來的跪拜弄得尷尬無比。

在布布路的攙扶下，長老顫顫巍巍地站起來，激動地緊緊握住餃子的手：「少年，千目珠是莫里斯集合『千目』力量的第三隻眼珠，因為集合了千人之力，能驅動這力量的人鳳毛麟角，只有被選中的人才能成為它的主人！因此老朽也不知道如何使用它，但是，老朽要提醒你，這顆千目珠所擁有的強大力量如同一把雙刃劍，既能被人所利用，也能反之將人心迷惑，請你無論如何要好好利用千目珠的力量，拯救天目族的後裔，千萬不要像莫里斯那樣成為貪求力量的傀儡！」

「那你們知道如何去塔底嗎？」布布路眨巴着眼睛問。

長老抬手指向洞窟深處：「順着這座洞窟向下走，就能抵達天目塔的底層，我能告訴你的只有這麼多，因為那裏從未有人去過。」

這是成為怪物大師的必經之路!!!

尊敬的讀者：現在你跟隨布布路一起踏上了成為怪物大師的道路！向所有的困難發起挑戰吧！

預備生情緒控制測驗

童年最好的玩伴設計陷害了你，但他又對你表達了歉意，深陷危難中的你會對他產生仇恨心理嗎？

A. 不會。　　B. 可能會。　　C. 會。

■即時話題■

四不像（齜牙咧嘴）：布魯，布魯布魯！

賽琳娜：布布路，你的怪物又在怪叫個甚麼勁兒？

布布路：那個……大姐頭，我事先申明，這是它說的，不是我說的！四不像在抗議，昨天從早忙到晚，又是去北之黎的街上亂逛，又是趕龍蚯，又是抄千瞳石窟的近路，又是擠塔拉斯的遊行，最後還被關進黑暗聖井，害得它都沒吃好喝好睡好！哦，你們別都瞪我啊！

賽琳娜：有沒有搞錯啊？累的一直都是我們，這隻醜八怪怪物除了聞到肉香會跑出來，其他時間都在你的棺材裏面休息！

帝奇：你忘記算它還跑出來「燒了幾艘停在蘭特港的貨船」這件禍事了！

餃子（沮喪）：唉，都是我讓大家累成這樣，都是我讓大家深陷險境，我好內疚啊，請接受我的跪地三拜……

布布路：喂，四不像你別躲啊，快從棺材裏面出來，我一人無法承受……喂、喂、喂，四不像！

完成這個測試後，你可以鑒定自己作為一個怪物大師預備生在情緒控制方面達到了甚麼程度。

測試結果就在第十二部的 210，211 頁，不要錯過哦！

新世界冒險奇談

第十一站 STEP.11

古怪的眼球陣

MONSTER MASTER 11

黑暗中的竊笑

天目族長老把布布路他們帶到堆滿碎石的洞窟深處，搬開碎石，石壁上出現了一條一人來寬的裂縫。

鑽入裂縫後，布布路四人腳下出現無數錯落相連的巖柱，它們重疊交錯，猶如無數張巨大的蜘蛛網懸掛在看不到盡頭的黑暗之中，無止境地向下方延伸而去。

所有的巖柱通道都十分狹窄，如同在黑暗中走鋼絲，稍不留神就會落進不知底細的黑暗之中。

驚險的「通道」看得餃子他們臉色發青，只有布布路露出了躍躍欲試的表情：「這裏真有趣！」

布布路伸腳探了探，這些巖柱看起來脆弱不堪、毫無支撐力，踩上去卻十分牢固……

「小心……」賽琳娜話還沒說出口，衝動的布布路已經背着金盾棺材跳了上去，慶倖的是，這些細長的巖柱相當穩當，似乎沒甚麼危險。

餃子三人後怕地捏了一把冷汗，立即跟上來，四人小心翼翼地沿着縱橫交錯的「蛛網」向下深入。

走着走着，黑暗中傳出一陣沉悶陰鬱的冷笑聲——

「呵呵……」

「誰？」賽琳娜渾身寒毛倒豎，緊張地四下張望，但到處都是漆黑一片，根本找不到笑聲的源頭。

其他人的神經也繃得緊緊的，警惕地四下張望，可不管他們怎麼凝神聆聽，都無從判斷出聲源的位置，那聲音就像從四面八方同時傳來，忽而遠忽而近，猶如黑暗中潛伏着無數看不見形體的幽靈。

「大家小心，也許有機關。」帝奇提醒道。

窸窸窣窣……

布布路用力豎起耳朵，突然意識到那古怪的笑聲後藏着另一個聲音，一個細碎的聲音正在漸漸靠近……

走在最前面的布布路頓住腳步，瞪大眼睛望向前面：「咦，那裏好像有隻眼睛！」

前方不遠處的黑暗之中，一隻眼睛正直勾勾地盯着這邊。那絕對不是正常人的眼睛，因為那眼睛要有普通人的百倍之大。

就在大家疑惑的時候，那隻眼睛突然動了，它像具有獨立生命的球體一樣滾動起來，以不可思議的速度向他們靠近過來……

「那是……一顆光禿禿的眼球！」餃子驚呆了。

那顆渾圓的眼球足有半人高，當它滾動的時候，發出窸窸窣窣的駭人聲響。

「噢噢噢，好……好大的眼球！」布布路好奇地望着那顆大眼球。

與此同時，四周沉寂的黑暗彷彿甦醒過來，豁然裂開無數狹長的細縫，那些細縫中泛出冰冷的血紅色……

是眼睛！

一扇扇隱蔽於黑暗的烏黑眼簾突然全都睜開了，布布路四人前後上下左右，無數隻巨大的眼球赫然呈現在黑暗的半空中，死死地鎖定布布路他們。

這些眼球有大有小，有圓有扁，有的驚恐，有的猙獰，有的憤怒……

「這些眼球好像我們在黑暗聖井上半截底層看到的眼睛圖騰。」帝奇回想道。

困境！被眼睛包圍了

「呵呵……」浮滿眼球的黑暗空間裏再度傳出令人頭皮發麻的陰沉笑聲。

「你是誰?」布布路高聲質問。

然而那個躲在暗處的傢伙只笑不答，伴隨着它詭異的笑聲，那些眼球就像聽到命令似的，快速在半空中翻滾着變換位置，很快，密密麻麻的眼球就在布布路他們四周圍成一層層的圓圈，將四人牢牢困在其中。最初布布路看到的那顆眼球對準布布路四人，筆直地加速滾來……

「呵！」站在最前頭的布布路毫不猶豫地伸出雙手，試圖擋住翻滾而來的眼球。

可那眼球的重量和力道大大出乎布布路的意料，它彷彿有千噸重，儘管布布路身後背着沉重的金盾棺材也難以阻擋。

布布路腦門兒上青筋暴起，額頭上也冒出豆大的汗珠，身體更是在眼球的壓迫下失控地向後傾斜。

眼看布布路就要支撐不住仰倒在地，帝奇焦急地大叫一聲:「跳!」

千鈞一髮之際，布布路迅速調整呼吸，將所有力氣集中到足部，一個縱身跳到下面的另一張「巖柱蛛網」上。

隆隆!

巨大的眼球像一顆沉重的大鉛球般碾過。

「好險，要是被它壓到，一定會變成肉泥!」餃子的後腦勺淌下一滴冷汗。

隆隆隆隆隆隆！

接着，黑暗的空間發出地震般的震動，更多眼球咻咻地躍上巖柱，瞳仁閃出暴戾的光芒，鋪天蓋地般滾過來！

餃子三人只得用同樣的方式險險避開。

而眼球們像是有智慧一般，重新調整了戰術，在布布路他們向下的每一條通路上都排起了眼球隊伍，它們一個挨一個在狹窄的巖柱上瘋狂碾軋，不留下一處死角……

四周是散發着幽深寒意的黑暗深淵，要是行差踏錯半步，後果不堪設想！大家只能狼狽躲避，根本無從招架。東躲西閃的四個人很快累得氣喘吁吁，大汗淋漓，而眼球們仍然不知疲憊，沒完沒了地從四面八方蜂擁而至。

賽琳娜擔憂地喃喃道：「再這樣下去，我們遲早要體力耗盡……」

死路中的活路

怎麼辦呢？布布路目光一轉，無意間，他注意到黑暗中那些裂開的眼睛始終盯着他，他向右，眼睛就轉向右邊，他向左眼睛就向左邊。那些眼睛直勾勾地盯着他，弄得布布路渾身都不自在。

這可惹惱了布布路，他飛身越過幾顆向他攻擊的巨型眼球，跳到最邊緣的巖柱上。

「呵！」布布路力貫雙臂，高高舉起金盾棺材，用力砸向那些詭異的眼睛。

砰！砰！砰！

被擊中的眼球發出戰慄般的痙攣，合上了烏黑的眼簾，並在眼簾合上的瞬間變為堅硬的巖石，將眼球保護在其中。

布布路不解氣地準備再砸幾下，但背後幾隻巨型眼球已經距布布路只有咫尺之遙！

剛才一時衝動之下，布布路忽視了巖柱上滾動的眼球位置，這下要躲避恐怕已經來不及了，布布路只能急忙轉身，手舉金盾棺材準備正面擋下這次衝擊。

誰知預想中的巨大撞擊並沒有來到，眼球們居然從布布路身邊滾了過去。

怎麼回事？！為甚麼一直快、準、狠的巨型眼球會錯過攻擊對象？！

將一切看在眼中的餃子第一個反應過來了，他大聲喊道：「注意黑暗中那些靜止不動的眼睛！是它們在觀察着我們的一舉一動！它們才是真正的眼睛！大家集中火力先攻擊它們！」

帝奇立刻心領神會，他側身避過眼球的攻擊之後，甩出數條蛛絲，將自己帶到巖柱邊緣，向黑暗中的眼睛射出數枚五星鏢！

噹！噹！噹！噹！

全部準確命中目標！

「跟巖柱上滾動的『攻擊』眼睛不同，這些『觀察』眼睛很脆弱，只需要少許力量就可以收拾它們！」帝奇沉聲總結道。

掌握了「攻擊」眼睛和「觀察」眼睛的規律之後，四人召喚出怪物準備全力反擊。

「嗷——」井底傳出一聲低沉的嘶吼。

黑暗的空間頓時像被按下了暫停鍵，所有「攻擊」眼球的動作戛然而止，「觀察」眼睛也全都閉上眼簾，化為巖石，而包裹着大家的那原本混沌不清的黑暗也彷彿受到影響般迅速巖石化，露出了本來面目。

大家原來身處一個巨大的垂直巖洞中，上下都看不到盡頭，只有無盡的黑暗深淵朝上下兩端無限地延伸開來。

這一刻，周圍變得出奇的安靜，彷彿連空氣都凝固了，似乎連一根針掉在地上也能被大家察覺到……

「結……結束了？」餃子壓低聲音悄悄問身邊的賽琳娜。

「這是你們家的地盤，我怎麼會知道？這些眼球太噁心了，盯得我現在還全身發麻呢！」賽琳娜顯然很不喜歡被那些巨型眼球又盯着看又追着打的感覺。

就當所有人準備鬆一口氣時，四周的巖石牆像有生命般有節奏地起伏、蠕動起來，無數道有如龜裂般的縫隙緩緩浮現在牆面上。

緊接着，所有的裂縫全都睜開了，洞開的裂縫中，赫然是一隻隻巨大的眼睛！

巖壁四周的眼睛再度睜開了，並且數量比剛才多出數倍，每一隻眼睛都泛出妖豔的紅光，那紅光更加耀眼，彷彿燃燒起來一般。

新世界冒險奇談

第十二站 STEP.12

恐怖的千目怪

MONSTER MASTER 11

眼球炮彈 vs 冰凌盾

巖壁起伏扭曲，上面的眼睛更是怒目圓睜，飽含着怒氣。

餃子咽了口唾沫：「看來我們把它惹毛了……」

砰砰砰！

眼球牆上，一顆顆眼球全都變得赤紅，隨着那一道道有如弓弩般有力的眼簾翕動，它們如同一顆顆燃燒的炮彈，毫不猶豫地朝着布布路四人彈射而出——

它們明顯威力倍增，每一顆眼球在空中劃過，都能聽見氣流爆裂的哧哧聲，彷彿連空氣都燃燒起來……我們擋得住嗎？四人臉色大變，不約而同地想。

「水精靈，水盾！」

面對密集如雨的「眼球炮彈」，賽琳娜一揮手，身先士卒地衝了上去，她希望能憑藉水精靈製造出的水盾替大家先抵擋一陣。

唰！唰！唰！水精靈應聲吐出六面水盾。

誰知道，這次的水盾竟然比以往小了很多，而且看上去也薄了不少，一副弱不禁風的樣子。

糟了！這是怎麼回事？！水盾的狀態大大出乎賽琳娜的意料。

眼看「眼球炮彈」疾速向大家轟來，又小又薄的水盾顯然無法抵擋如此猛烈的攻擊。布布路這時想解下背上的棺材來當盾牌也已經來不及了！所有人都做好了毫無防禦從正面迎接「眼球炮彈」的準備。

噹！噹！噹！噹！

一陣陣巨大的衝撞力接踵而至，刺耳的撞擊聲中，令人不可思議的事發生了——

六面水盾交替移動，在眾人面前形成一道密不透風的寒冰障壁，將眼球炮彈挨個彈了回去！這下子布布路四人看了個明白：單個水盾雖然看上去又小又薄，但是仔細看，卻有稜有角，呈現出冰晶獨特的反光！

此時，賽琳娜感受到從體內湧出一股異樣的力量，她馬上就明白了：獲得水之牙的力量之後，她各方面的能力都得到了不少的提升，就連水精靈的水盾也升級成為冰凌盾！六面小冰凌盾相互交替防禦使得每一面盾牌都有足夠的時間自我修復，升級的單個冰凌盾本身比之前的水盾的防禦能力無疑大幅度提升了，何況還有六面！

看來就算是升級的「眼球炮彈」，也無法突破如此強力的寒冰障壁！

局勢瞬間逆轉！

能贏……大家彷彿看到了勝利的曙光。

現身吧，黑暗中的怪物

「呵呵，還沒結束哦……」浮滿眼球的黑暗空間裏那個忽遠忽近的詭異聲音再度出聲了。

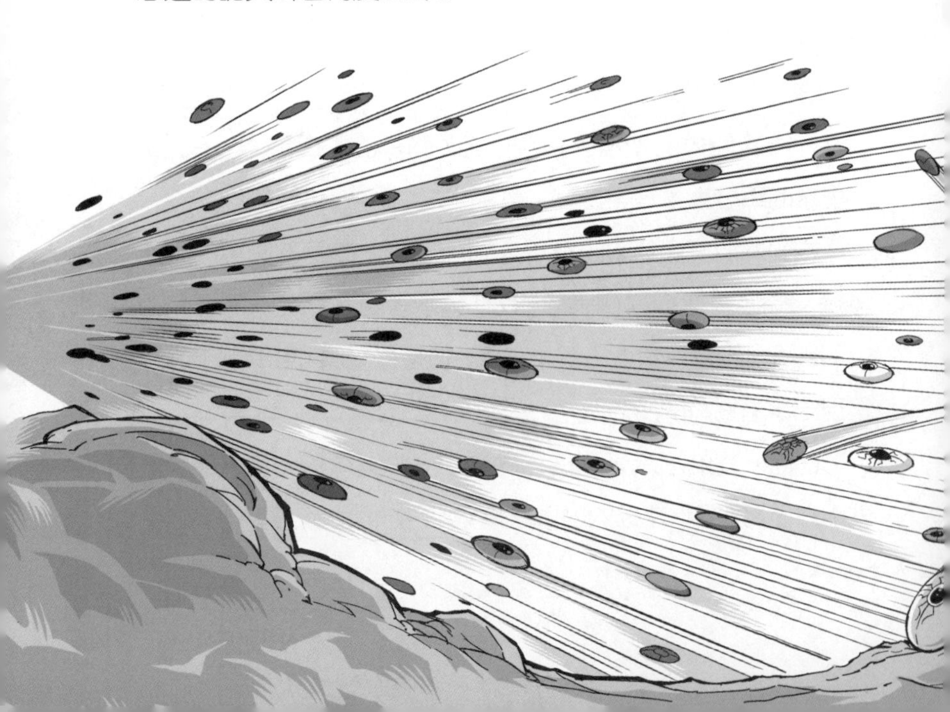

「哼，恐怕這暗笑的本體另有所在，那些眼球只是道具，是有甚麼東西躲在暗處操縱它們！」帝奇絲毫不敢鬆懈，目光凌厲地掃來掃去。

而那些被擋住的眼球並沒有就此甘休，它們迅速集結並折返，又一次凌厲地向着他們射擊而來。

蘊含着水之牙力量的六面冰凌盾堅不可摧，牢牢地護住了四個預備生。

布布路亢奮地大吼道：「喂！那些眼球對我們沒有效果，躲在幕後的傢伙，快出來和我們面對面戰鬥吧！」

「愚蠢的人類啊，我不是一直和你們面對面戰鬥嗎？」聽到布布路宣戰，那聲音像聽到笑話般，用令人不寒而慄的語氣嘲弄道：「難道你們不知道，你們一直在我的身體上肆意妄為嗎？」

「甚麼你的身體？這裏明明是天目塔的下半截！」布布路不

服氣地反駁道。

「在他的身體上？……」餃子的腦中嗡嗡作響，看着那堵有如呼吸般起伏着的眼球牆，若有所思地沉吟道：「難道天目塔的下半截是有生命的？莫非……」

餃子的話還沒說完，四周的巖壁開始劇烈搖晃起來，以摧枯拉朽之勢快速坍塌！整個世界都恐懼地顫抖起來，似乎能嗅到一股濃烈的毀滅氣息。

這股力量勢不可當，布布路四人腳下那一張張「巖柱蛛網」瞬間斷裂粉碎。

「哇啊！要掉下去了——」賽琳娜驚叫。

眼看大家就要隨着這些坍塌的巖石一起掉入無底的深淵，奇怪的事情發生了——那些落下的碎石並沒有直接掉入腳下無底的深淵，而是像被甚麼無形的力量從下面托住了，在大家腳下形成了一大片碎巖土層！

布布路四人穩穩地落在了剛剛形成的地面上，當他們再抬頭看時，發現四周的巖壁已經完全坍塌了，無邊的黑暗吞噬了整個空間，滿壁猙獰的眼睛此刻全都不見了蹤影……

一股巨大的壓迫感席捲而來，隨着氣流的變動，大家感覺到有一股未知的危險力量潛伏在黑暗中伺機而動，隨時準備給大家致命一擊。雖然無法看到那股力量的真身，但幾乎能感到它那低沉而充滿殺機的呼吸。

大家背靠背地靠在一起，警惕地盯着四周，連大氣都不敢喘一口。

誰也沒有留意到，一滴黏稠的液體從大家頭頂的上空拉下長長的絲線，眼看就要落在帝奇的肩頭，一股強烈的寒意隨之襲來。

「大家小心，它在上面！」帝奇敏銳如貓一般彈開。

布布路三人紛紛朝頭頂看去，眼前的景象讓夥伴們終生難忘——一隻巨大的怪物倒懸在大家頭頂！

它下半截身體融入黑暗之中，露出的上半截軀體上如巖石般堅硬，遍佈凸起的眼球，就像密密麻麻的噁心膿包。它晃動着肥碩而猙獰的身軀，齜牙咧嘴地亮出口中數排參差不齊的尖牙，衝着布布路他們聲嘶力竭地咆哮，口中噴出夾雜着一股腥臭的熱風與唾沫。

黑暗空間降下一陣無比腥臭的口水雨，正下方的布布路四人只好左躲右閃、跳來跳去，尤其是帝奇，他將所有注意力都集中在雙眼上，看清飛向他的每一滴口水，快速在腥臭的口水雨縫中穿行！一陣口水雨過後帝奇身上居然一滴口水也沒被濺到！

「嗷——」隨着怪物的刺耳咆哮聲，那些原本隱匿於黑暗中的眼睛也變得愈發血紅，腳下的整個巖層地面也發出不安的顫動。它左右挪動着那醜陋肥碩的身軀，眼看就要脫離那無邊的黑暗掉落下來！

「天哪，我的密集恐懼症犯了……」餃子看着這怪物密密麻麻滿是眼睛的肥碩身軀，頓時有種想要暈厥的衝動。

「大家快閃開！」布布路和帝奇幾乎同時叫道。

四人立即朝四周散開！

轟的一聲巨響，那隻全身佈滿密密麻麻眼睛的肥碩怪物，掉落下來！

布布路四人腳下的碎巖地面被砸得龜裂開來，地底灼熱的烈焰從這些裂縫中噌噌地躥了上來，貪婪的火舌不斷翻滾，讓大家備受煎熬，痛苦不堪！

可怕的死亡凝視

「這……這就是千目怪嗎？」賽琳娜心驚地看着那隻瀕臨暴走狀態的怪物。

「管它是甚麼東西，打敗它就對了！」布布路的表情前所未有的認真，他抬手敲敲背後的棺材，「四不像，出來戰鬥了！」

「布魯！」四不像懶洋洋地從棺材裏爬出來，當看到不遠處的千目怪後，它睡意頓消，銅鈴眼瞪得溜圓，牙齒咔嚓咔嚓磨動着，兇巴巴地亮出鋒利的爪子，似乎戰意正濃。

餃子和帝奇卻陷入了沉思：雖然冰凌盾能很好地防禦，但進攻的突破點在哪兒呢？恐怕這隻怪物不會給他們太多思考的時間……

沒等大家行動，千目怪身體上那上千顆眼球突然全都有如旋渦般緩慢地轉起來，更為詭異的是，每隻眼球旋轉的速度全都不一樣，毫無章法。

一圈，又一圈……

布布路他們頓時覺得天旋地轉，所有的景物都像水中浮現的倒影，忽遠忽近，忽大忽小……

「不好，大家不要看它的眼睛！」帝奇大叫。

但來不及了，只是短短的一剎那，那血紅色的千目旋渦就牢牢吸引住了所有人的視線，怎麼也移不開。那是一種很奇怪的感覺，就像陷入噩夢中的人，明明知道自己在夢中，卻怎麼也醒不過來。

一個陰森森的聲音在幾人的腦海中同時響起：

「無知的闖入者們啊，讓你們嘗嘗被死亡凝視的滋味吧！」

眾人精神就像被急速抽空似的，無法自控地沉醉在千目旋渦中，似乎完全失去了對身體的控制力。

眼看千目怪晃動着令人作嘔的身軀，蠢蠢欲動地靠近過來，四不像焦急地跳到了布布路頭上。

「布魯布魯！」它張開大嘴對着布布路的耳朵大吼，用長耳朵拚命拍打他，布布路卻置若罔聞。四不像又跳到帝奇身上。突然，它發現布布路四人的眼睛竟然全都隨着千目怪身上的眼睛一同緩慢地旋轉起來。

一圈，又一圈……

預備生情緒控制測驗

這是成為怪物大師的必經之路!!!

尊敬的讀者：現在你跟隨布布路一起踏上了成為怪物大師的道路！向所有的困難發起挑戰吧！

你和同伴們身陷死地，而你們面前有一條死路中的活路，但通過這條活路之後將要面臨的同樣還是致命的危險，你會乾脆放棄不走這條活路嗎？

A. 不會。　　B. 可能會。　　C. 會。

■即時話題■

餃子：我以前真心覺得，在黑暗聖井中和我大哥的那場生死對決絕對算是我的人生中的巔峰時刻，但後來我發現這是個大大的錯誤！自從我碰上布布路，被他的主角光環波及之後，我的人生就一直處於巔峰，再也下不來了！所以……大家莫慌張，只是一羣巨型眼球，只是一隻千目怪，沒甚麼了不起的，想想我們之前的經歷吧……

賽琳娜：餃子說得沒錯，我們連水元素始祖怪這種逆天的存在都碰到過了，還有甚麼好怕的！

布布路：嗯嗯嗯，我覺得巨型眼球挺有意思的，就是千目怪長得噁心了點，總的來說，這裏還是挺好玩的！

帝奇：我覺得這個笨蛋根本就沒在怕！

餃子：哦……我其實是想提醒你們，作者不會這麼容易放過我們的，現在才進行到十二章，後面八章一定還有更具挑戰性的劇情等着我們，大家保留點實力，別一下子把演技都用沒了。

完成這個測試後，你可以鑒定自己作為一個怪物大師預備生在情緒控制方面達到了甚麼程度。

測試結果就在第十二部的 210，211 頁，不要錯過哦！

天目族的最後之眼

MONSTER MASTER 11

新世界冒險奇談

第十三站 STEP.13

甦醒的莫里斯

MONSTER MASTER 11

唯一的弱點

「布魯布魯！」見大家毫無反應，四不像眼中燃起憤怒的火焰，它俯下身，將力量集中在大腿和背肌上，腳下一蹬，如同離弦之箭一般射向千目怪。

它揮動着鋒利的爪牙，如電光石火般在千目怪身上跳來跳去，對着那些旋轉的眼珠又咬又抓。

「嗷嗷！」千目怪發出一聲慘叫，令人暈眩的眼球旋渦終於弱下來。布布路幾人的目光也隨之清明起來。

從天旋地轉中勉強解脫出來的布布路他們目瞪口呆地望着瘋狂的四不像，它好像十分厭惡天目怪，毫不留情地撲咬着。

「我們趁這個機會配合作戰，一舉打敗這噁心的傢伙……」眼球旋渦險些把餃子的五臟六腑都顛翻了，餃子定了定神，小聲說出一套作戰方案。

大伙兒點點頭，各自召喚出怪物，集中火力向千目怪發起了狂猛的攻勢——

「吼吼！」巴巴里金獅張開獅口，對準千目怪發出一記獅王咆哮彈。

「嗷嗚！」痛楚讓千目怪緊縮的身軀終於打開了，它暴怒地

展開雙臂，渾身的眼珠充滿恨意地轉動着，更多眼球從像弓弩般有力的眼簾中彈出，殺氣騰騰地朝着布布路他們彈射而來。

出人意料的是，為了避開水精靈的冰凌盾，這次「眼球炮彈」如曲線球一般迂迴進攻，在空中颳起一陣陣變幻莫測的小型颶風，大家只得在炙熱的烈焰中狼狽地閃躲着。

「唧 ——」藤條妖妖在餃子的指示下，結出一張藤條防護網，以防大家在颶風的衝擊下失足墜入黑暗中。

「高壓水柱！」水精靈和賽琳娜默契地配合，用強力水柱為大家保駕護航。

混戰中，四不像被暴怒的千目怪從身體上甩下來，布布路

一個箭步衝上去奮不顧身地接住四不像，指着千目怪的頭頂，在它耳邊輕聲說：「四不像，用十字落雷攻擊那個位置！」

「布魯！」四不像使出全身力氣，紅色的短毛憤怒地豎起，大嘴霍然張開，小腹高高隆起，一記十字落雷有如離弦之箭般襲向千目怪的頭頂。

「嗷嗚！」

耀眼的紫色雷光瞬間將黑暗的空間照亮，炸裂聲中夾雜着千目怪淒厲的嚎叫和呻吟，空氣散發出陣陣難聞的焦臭味。

四不像也因為用力過猛，被巨大的反作用力彈飛，幸好藤綱及時接住了它。

精疲力竭的四不像站不起來了，雙目翻白，昏睡過去，布布路忙心疼地把它放回棺材裏。

黑暗中，所有的眼珠都停止轉動，千目怪的頭頂被炸出一道黑乎乎的裂口，有如一攤爛泥般倒在地上，發出一陣陣有如痙攣般的輕微顫動，它被擊潰了嗎？

是人是怪？

所有人都傻眼了，疑惑地看着布布路，彷彿在問：你怎麼知道它的弱點是頭頂？

看到大家齊齊盯着自己，布布路撓撓腦袋，好奇地說：「你們沒注意到嗎？這隻千目怪全身都像巖石般堅硬，連那些眼球在四不像的撲咬下也會立刻閉上，迅速巖石化，等四不像離開後再睜開，但唯獨有一個地方是特別的，就是它的頭頂。它的頭頂中央有一條縫隙如同嬰兒未閉合的囟門一樣，能看到脈搏跳動……所以我想那裏也許是它的弱點。」

儘管大家已經知道布布路動態視力驚人，可是在剛剛千目怪那種強勁的攻勢下，大家全都全力躲避，絲毫不敢放鬆，布布路竟然能在這種情況下將千目怪觀察得細緻入微，讓幾人不禁嘖嘖稱奇。

作為賞金王家族繼承人的帝奇，更是不由自主地陷入了沉思：布布路和四不像這對不靠譜的組合似乎愈來愈厲害了，有了水之牙力量的賽琳娜實力也連升幾級，餃子足智多謀，最近在跟阿不思的交流中似乎古武術又進步了，自己呢？如果不能加速成長，恐怕會成為這支團隊的短板啊……

然而布布路三人並沒有注意到帝奇的心思，賽琳娜拍了拍布布路的肩膀，讚揚道：「不愧是我手下，竟然這麼快找到了千目怪的弱點。」

就在大家以為勝利在望的時候，黑暗中發出了一聲嗤笑——

「弱點？你們是不是誤會了甚麼啊……呵呵呵……」那笑聲愈來愈大，在寂靜的空間中無限放大，讓人頭皮發麻。

緊接着，千目怪頭頂那道裂縫中，伸出一雙瘦骨嶙峋的手，上面佈滿了如同血色膿包一般駭人的眼睛，那雙手將千目怪頭頂那道焦黑的裂口撕得更大，一個極度扭曲的身軀如同重獲自由的野獸一般，發出撕心裂肺的怒吼！

「噢——」

整個空間都顫動了，那瘦弱的身軀氣勢驚人！布布路四人被震得捂住了雙耳。

咻的一聲，他的額頭上陡然射出一道刺眼紅光，直刺無盡黑暗的穹頂，那耀眼紅光在這無盡黑暗的空間中格外妖豔閃亮，有種攝人心魄的詭異美感。

嘶嘶——

空氣被撕裂的刺耳聲音似乎在提醒着大家這股力量是如此強大而邪惡。

在那暗紅色光芒的照映下，一個渾身上下佈滿眼球的「人」出現在大家面前。

「你是誰？怎麼會在千目怪的身體裏？」布布路用不可思議的目光打量着那個不知能否稱之為人的「人」。

「我是誰？」那人渾身的眼球齊齊望向布布路，似笑非笑地回道：「我就是你們口中的千目怪，你們也可以叫我莫里斯！」

最強一擊，目之煞！

這個藏身在千目怪身體裏的傢伙竟然就是莫里斯？

出乎所有人意料的是，這個查拉口中的英雄，天目族長老口中的罪人，竟是個跟大家年齡相仿的少年……只是少年雙目凹陷，神情格外陰鬱，渾身散發出濃濃的恨意。

帝奇警惕地望着不斷散發出強大怨氣的莫里斯，提醒大家：「他身上的殺氣愈來愈重了，大家當心……」

「吼——」如一攤爛泥般癱在莫里斯身下的千目怪物蠕動着爬起來，渾身的眼珠兇惡地暴突，張開血盆大口，對準布布路他們的方向發出一聲刺耳的尖嘯。

嘯聲中充斥着讓人膽寒的濃濃恨意，在高頻率的音嘯衝擊下，空氣中迸發出有如閃電般的能量波。帝奇丟出的暗器彈向四面八方，巴巴里金獅也踉蹌着癱倒在地；水精靈受到影響，冰凌盾應聲潰散；藤條妖妖編織的藤網也散落開來。

「哇——」霎時間，布布路他們的視野一片花白，耳膜有如被利刃割破般劇痛，身體像疾風中的樹葉般被掀盪到半空，又重重地跌落，摔得人仰馬翻。

「喚醒我的惡果，你們好好品嘗吧！」

莫里斯渾身的眼睛邪惡地眨動着，嘴角扯出一個駭人的獰笑，原本蜷縮的身軀猛地伸展開，怒喝道：「目之煞！」

莫里斯全身青筋暴起，他額頭中間那道妖豔的紅光再度迸射而出，如同一道鋒利的利刃直刺入地下！紅光所到之處只留下一道灼燒進巖石地面一寸多深的焦土！

這時，水精靈想要重新建立起冰凌盾已經來不及了，紅光毫不留情地直刺向布布路一行人！

布布路見狀果斷衝到了大家前面，卸下金盾棺材重重地砸在地上，形成堅實的盾牆屏障。

然而，莫里斯的「目之煞」威力比大家想像的更為強大，只是幾次呼吸的時間，布布路手中那個由藍星上最硬的物質——金盾做成的棺材就在紅光的炙烤下變得通紅。在後面抵住棺材的布布路雙手被燙得生疼，他感覺到，如果再不移開棺材，恐怕金盾將會熔化……更糟糕的是，四不像還在裏面！

可是……如果移開的話，不只是自己，連他身後的餃子、

帝奇、賽琳娜，大家恐怕都難以抵禦這紅光的侵蝕。

就在布布路猶豫的瞬間，餃子推開了他。

轟！

餃子的狐狸面具從中間咔嚓一聲裂開，莫里斯充滿恨意的「目之煞」直直射向餃子的眉心……

新世界冒險奇談

第十四站 STEP.14

黑暗的鼓動

MONSTER MASTER 11

伊里布——戰神的覺醒！

這一刻，我的生命終於走到盡頭了嗎？沒想到兜兜轉轉繞了一大圈，最後我還是跟我的兄弟姐妹，跟我的先祖們一起葬身在這黑暗聖井之中……

對不起，大哥，還沒來得及好好跟你打招呼。

對不起，藤條妖妖，我是個不稱職的主人。

對不起，布布路、帝奇、賽琳娜，不能跟你們共同進退，不能跟你們一起成為優秀的怪物大師是我最大的遺憾……

都是我的錯，我不該讓你們跟我一起來……

「對不起……對不起……」被擊中的餃子發出微弱的呢喃，他的眼皮愈發沉重……

「餃子！」布布路焦急地大喊。帝奇和賽琳娜一起扶住了他，淚水從幾人眼中奪眶而出。

「為甚麼……為甚麼餃子總是選擇犧牲自己呢？」布布路滿臉眼淚鼻涕。

「要信任我們啊，渾蛋！」帝奇咆哮。

「嗚嗚……」賽琳娜哽咽着說不出話了。

「你們要活着……好好活下去……」在同伴們的呼喚聲中，餃子充滿血絲的眼中漾出一抹笑意，隨後，不堪重負的雙眼徹底睜不開了。

昏昏沉沉中，餃子好像聽到一個熟悉的聲音——

「你想救他們嗎？把你的身體獻給我吧……」

當餃子的眼皮完全合攏後，他的眉心冒出一團迷離的黑霧，那霧氣彷彿源源不斷，很快就將餃子整個人包裹起來。

一個可怕的聲音從黑霧中傳出來——

「哈哈哈，終於等到這一天了……」

餃子額頭上的第三隻眼完全睜開了！在黑霧中有節奏地閃出駭人的光芒，絲絲殺氣逸散而出，一種彷彿要吞噬一切的氣壓將所有的人壓得透不過氣來。

伊里布甦醒了嗎？那餃子呢？……

布布路三人心急如焚地望着如木偶般身體僵直、雙目緊閉的餃子。

如同兩年前在黑暗聖井中挽救大哥的生命一樣，餃子又一次做出同樣的選擇，犧牲自己來保全同伴們的性命。

「餃子！你這個騙子，你明明說要跟大家並肩戰鬥的……」賽琳娜揪心地哭喊道：「你在哪兒？別裝死，給我醒過來！」

帝奇瞇着眼睛盯緊餃子，又氣又難過地自語道：「為對付老虎而放出獅子，笨蛋！」

暗黑湧動，化為無形的肢體，餃子周身那些黑色氣流漸漸顯露出伊里布猙獰而邪惡的輪廓，巴勒絲的噩夢再度降臨了！

「唧唧——」藤條妖妖揮動着藤枝，呼喚着主人。

就見餃子身上的黑霧迅速蔓延，一圈圈像大蟒蛇一樣纏住藤條妖妖的身體——

藤條妖妖露出了驚恐的眼神，它痛苦地扭動着，身體以肉眼可見的速度迅速膨脹，四肢和軀幹滋生出厚重的皮甲和鋒利的倒刺……

布布路三人想要上前將它從黑霧中拉出來，但藤條妖妖尾部變得異常粗大的四根藤條毫無章法地在半空中擺動，讓人無法靠近。

緊接着，藤條妖妖身體上的綠色愈來愈濃，像有甚麼力量沉澱其中。最後，它全身變成了黑色，只有頭頂的花苞綻放出一朵血色花朵，在那黑色的襯托下尤為醒目。

「唧！」隨着一聲昂揚又尖厲的叫聲，藤條妖妖終於平靜下來，它原本清澈純潔的眼神變得陰冷邪惡，盯着布布路他們的模樣就如同一個冷酷無情的捕獵者。

噩夢重演！S級戰力的對決

在伊里布的操控下，藤條妖妖完成黑化升級。

隨後，同樣被黑霧包裹着的餃子揚着脖子站了起來，他周身湧動着澎湃的殺氣，血紅的第三隻眼凌厲地看向不遠處的莫里斯，怪笑着說：

「充滿怨念的千目啊，成為本座的養分吧！」

天目塔內風雲變色，強勁的氣流如颶風般翻滾着，戰神伊里布與千目怪莫里斯之間的惡戰拉開了序幕。

感應到對手驚人的變化，莫里斯不敢怠慢，奮力蠕動起千目怪龐大的身軀，使出了殺招——

無數巨大眼球紛紛奪「眶」而出，它們有的旋轉，有的彈射，有的撞擊……眼球大軍每一個動作都迸發出有如閃電般的能量波，那些能量波互相交錯，在空氣中迅速匯集，形成一團威力十足的氣流旋渦。旋渦瘋狂旋轉，如一團團蓄滿百萬伏電壓的高壓雲團，又如從地層深處奔騰而出的滾滾熔巖，鋪天蓋地向着餃子壓下來！

眼球發出的巨大轟鳴聲和震動將布布路他們全都掀翻在地。

但黑化的藤條妖妖卻不躲不閃，它抖動身軀，在伊里布的指揮下毫不留情地釋放出渾身的尖刺，那些尖刺如陣雨般刺向滾滾而來的巨大眼球，被刺中的眼球如同高溫下的奶油一樣，迅速熔化成一攤攤污水。

「可惡！」眼球受到重創，莫里斯發出憤怒的吼叫，密密麻

麻布滿全身的眼睛瘋狂旋轉，釋放出威力更為強大的死亡凝視。

旋轉，旋轉，無止境地旋轉……

整個世界都在高速的旋轉中天翻地覆，布布路他們只覺得腦袋如快要炸掉般劇痛。

「我們一同化為虛空裏的塵埃，徹底消亡吧！」

莫里斯似乎陷入了瘋狂的狀態，千目怪龐大的身體奮力蠕動着，在他的掙扎下，整個空間都旋轉起來，變成可怕的千目旋渦……

然而，伊里布卻露出了不足為懼的表情，只見藤條妖妖頭頂上怒放的血色花朵沙沙搖曳起來，散發出一團團裹挾着妖異香氣的花粉。

「咦？」嗅到花粉的香氣，布布路猛地跳起來，眩暈感消失了，視線一片清明。

「這花粉有提神醒腦的作用嗎？」賽琳娜精神抖擻地活動着剛剛還虛軟無力的手腳。

「啊啊啊！」莫里斯淒厲的哀嚎聲響徹黑暗的天目塔，他被瀰漫的花粉層層籠罩，身上的眼睛一接觸到花粉就如同沾到濃烈的辣椒水一般，呈現失明狀態，鑽心的劇痛讓他縮成一團……

「莫里斯被壓制住了！」帝奇目光沉沉，沒想到對他們來說強大無敵的招式，竟被黑化後的藤條妖妖輕而易舉地一一化解，可見伊里布的力量之強，換句話說……如果他們想要擊潰伊里布，救出餃子，可能性……幾乎為零。

與此同時，餃子全身包裹着黑暗的氣團，一步步逼近莫里斯。

凡是被餃子踏過和碰到的地方，全都被腐蝕成污濁的黑暗，那黑暗不斷蔓延，每擴張一寸，莫里斯的痛苦也增加一分。

布布路他們心驚膽戰地旁觀着這場 S 級力量的對戰，雙方貪婪地彼此侵吞，大量的污濁之氣籠罩整個空間。

而淪為伊里布傀儡的餃子七竅滲出一股股血絲，他的身體早已不堪負荷伊里布可怕的黑暗力量，但伊里布卻毫無收手的打算。

「餃子要扛不住了！」布布路心急如焚。

賽琳娜痛哭失聲：「再這樣下去餃子就……住手啊！」

「沒有人類的身體可以承受伊里布 S 級的強大戰力，他需要更強的載體才能發揮他的戰鬥力，但為了加速吞噬千目怪，他恐怕不會管餃子的死活……」帝奇雙手握拳，幾乎不忍直視。

這場吞噬和反吞噬的戰鬥，不管哪方勝利，餃子都沒有活路。

邪惡力量的終極融合

在伊里布黑暗力量的席捲之下，千目怪傷痕累累的身體似乎到了極限，莫里斯不甘心地顫抖着，身上一雙雙血色的眼睛如斷電般暗淡下去，再也無力迎戰了。

「乖乖成為本座的養分吧！」

餃子臉上浮現出饑渴難耐的神情，身體四周巨大的黑霧沖天而起，幻化成一隻巨手向千目怪伸了過去。

「啊！」一切發生得太快，莫里斯只發出一聲短促的慘叫，身體瞬間被鋪天蓋地的黑暗吞噬。

驚天動地的轟鳴聲中，千目怪爛泥一樣的身軀僵硬地直立起來，黑暗的濁氣自一顆顆眼球中噴射而出，而千目怪頭頂上，伊里布猙獰的黑暗軀體也將莫里斯吞噬殆盡……

黑霧消散，餃子的身影不見了！

伊里布和千目怪融合了！一隻龐大的、全身佈滿黑暗之眼的邪惡怪物誕生了！怪物身體中央一隻碩大無比的血色眼睛赫然睜開——

「這力量真是充沛啊，太美味了，充滿恨意的千目……哈哈哈，渺小的人類身軀再也不能阻撓本座了，本座徹底自由了！哈哈哈！」

新生的伊里布發出狂妄的大笑。

「那顆大眼球……餃子也被吞掉了嗎？」賽琳娜心如刀割，眼淚嘩啦啦地流下來。

「那傢伙……」帝奇雙眼泛紅。

「餃子！」布布路再也按捺不住了，他抹乾臉上的淚水，握緊拳頭，毫不畏懼地朝着晉級成「千目戰神」的伊里布衝上去，「不，餃子不會死的！我這就來救你！」

「水精靈，水簾瀑布！」賽琳娜命令水精靈噴出一道奔流直下的水牆，試圖蒙蔽住伊里布的視線。

「吼！」巴巴里金獅也載着帝奇高高躍起，並發出獅王咆哮彈掩護布布路的進攻。

可是，對新生的伊里布來說，他們的衝動之舉不過是撓癢癢。伊里布連頭都沒回，只是輕蔑地一抬手，一股強大的黑暗濁氣有如滔天惡浪一般，轟的一聲朝布布路他們砸過來，揚起的氣流將布布路三人和三隻怪物全都撞飛。

「唧唧！」黑化的藤條妖妖撒出一張巨大的藤網，劈頭蓋臉地將三人和怪物牢牢兜住。

藤網死死地禁錮着布布路他們，大家只能眼睜睜地看着千目怪伸出污濁的手爪，朝他們抓過來。

伊里布邪惡的聲音從千目怪龐大的身體內傳出——

「養分，愈多愈好啊……」

完蛋了！大家這下子都要成為伊里布的養分了！

就在大家心生絕望的時候，伊里布的笑聲毫無徵兆地頓住了，千目怪黑化的手爪也虛脫般地垂落下來。

「唧唧唧！」藤條妖妖的藤網也霍然散開，化成一根根藤鞭，胡亂地四處抽打着……

布布路他們借機從藤蔓中逃脫出來，大伙兒驚愕地觀望着和伊里布結合成的「千目戰神」，它龐大的身軀劇烈起伏着，發出有如嘔吐般的吸氣聲，看起來十分不舒服的樣子。

「可惡！」伊里布厭惡地咆哮着，整個空間都顫動起來，突然，它那黑暗的手爪刺入自己的身軀，猛地掏出一個泛着紅光的東西。

那東西竟然是餃子身上的千目珠！

布布路他們錯愕地對視一眼，伊里布難道因為千目珠而產生了排斥反應嗎？

「可是，餃子不是說伊里布似乎很渴望這股力量嗎？也是因為這個緣故，他額頭的眼睛才會微微張開的嗎？」賽琳娜不解地說。

「還有一種可能性……」帝奇突然想到甚麼似的，眼睛一亮，「也許餃子之所以感到伊里布蠢蠢欲動，並不是因為伊里布渴望那股力量，正相反，也許，伊里布害怕着它……」

「沒用的東西就該丟棄！」

就像為了印證帝奇的推測似的，伊里布狂躁地一揚手，千目珠在黑暗中畫出一道詭異的紅色弧線，徑直落入盤旋在碎巖地面四周的旋渦中。

那是莫里斯之前用「死亡凝視」製造出的千目旋渦，現在，那旋渦在污濁之氣的推動下，加速轉動起來……

預備生情緒控制測驗

尊敬的讀者：現在你跟隨布布路一起踏上了成為怪物大師的道路！向所有的困難發起挑戰吧！

+LOVE & DREAMS+ MONSTER MASTER

這是成為怪物大師的必經之路!!!

你體內的異變被證實是存在着一股邪惡而又強大的力量，同時你和同伴們面對另外一個難以戰勝的敵人，你會因此釋放體內的那股邪力而完全喪失自我嗎？

A. 不會。　　B. 可能會。　　C. 會。

■即時話題■

十三姬：我一直覺得你們說「四不像是醜怪物」這點挺不科學的，它長得挺有靈性啊！而且相比它，實在有太多長得難看的怪物了！比如你們這次遇到的千目怪，簡直醜到爆了！

四不像：布魯，布魯布魯！（翻譯：就是說嘛！還是你比較有眼光！）

餃子：我承認千目怪的外表醜到了一個四不像無法達到的境界，但你也不能因為和布布路關係好，就昧着良心講話啊！咱們的審美觀還是挺科學的嘛！

賽琳娜（失望搖頭）：十三姬，我沒想到你的眼光竟然是這樣的……

帝奇：你敢不敢把「靈性」這個字換成「可愛」之類更具象、更明確的形容詞？

十三姬（語塞）：……

朔月：可惡！你們幾個吊車尾，居然聯合起來欺負我們精英隊的公主殿下！

完成這個測試後，你可以鑒定自己作為一個怪物大師預備生在情緒控制方面達到了甚麼程度。

測試結果就在第十二部的 210，211 頁，不要錯過哦！

新世界冒險奇談

第十五站 STEP.15

布布路之夢

MONSTER MASTER 11

魔胎

千目珠被伊里布丟入黑暗的千目旋渦，誰也不知道捲入了旋渦將意味着甚麼。

無盡的虛空嗎？還是就此消亡呢？

就在這時，千目怪體內傳出一個微弱而不甘的熟悉聲音：「千……目……珠……」

三人頓時淚如泉湧，是餃子！餃子還活着！

「餃子一定是提醒我們要拿到千目珠！」一想到餃子此刻在

千目怪體內堅持着，布布路眼中就燃起了希望的火苗。

「我們得拿到千目珠，水盾攔截！」賽琳娜擦乾眼淚，大喝道。

「唧唧！」水精靈忙展開一面水盾，試圖攔住千目珠。

「呵！」帝奇也躍上金獅的後背，握緊金獅的鬃毛，伸長手臂去撈旋渦中高速旋轉的千目珠。

但晚了，黑洞洞的千目旋渦翻湧着，一下子就將千目珠淹沒。

賽琳娜和帝奇怔怔地看着詭異的千目旋渦。「打敗伊里布的最後機會……我們還是沒抓住……」

「不！不能放棄！」一陣風從賽琳娜和帝奇中間颳過，布布路衝着千目珠消失的位置，義無反顧地跳進旋渦中……

「布布路！」賽琳娜和帝奇的聲音漸漸遠去……

無盡的靜寂中，不知道從哪裏傳來了持續不停的哭泣聲。

昏昏沉沉的布布路努力睜開眼睛，驚愕地發現自己好像在一個潮濕而昏暗的洞窟裏，一個和自己差不多年紀的小男孩蜷縮在角落裏，傷心地啜泣着……

「你哭甚麼？」布布路拖着踉蹌的腳步走到小男孩身旁。

小男孩用髒兮兮的袖口抹着淚水，滿臉淚痕地抬起頭，在他的眉心處，一隻渾圓的眼睛大大地睜着。

一看到小男孩的臉，布布路愣住了，那張臉分明跟莫里斯一模一樣，只是氣質卻截然不同，他看起來可憐兮兮的，除了眉心處的第三隻眼，他就像個受委屈的普通小男孩一樣。

「你……你是……莫里斯嗎？」布布路遲疑地問。

但奇怪的是，小男孩的眼神空洞極了，他的視線彷彿穿過布布路，在看很遠的地方。

「你能聽到我說話嗎？」布布路試着伸出手，小心地在小男孩眼前晃動。

小男孩毫無反應，抽抽搭搭地吸着鼻子。

布布路又試着用手碰觸小男孩的身體，出人意料的是，他的手竟然穿過了小男孩的身體。

布布路這才發現小男孩聽不見也看不見自己，在這個地方，布布路就像是一道無形的幻影！

這是怎麼回事？這究竟是哪兒？布布路急得抓耳撓腮。

這時，一陣騷動傳來，一羣手持火把的人衝進洞窟，這些人的臉上寫滿憤怒，凶神惡煞般地咒罵着。看到這些人，布布路更驚訝了，這些人不正是被困在蒸籠煉獄裏的天目族族人嗎？

唯一不同的是，此刻他們服裝整潔，額頭上全都長着完整的第三隻眼睛，樣貌也要年輕許多，領頭的那個正是天目族的長老。

這些人也似乎全都看不到布布路，不知為何，他們怒氣沖沖地圍住了小男孩。

「大家安靜！」長老舉起手。

躁動的族人平靜下來，在大家冷冰冰的眼神中，小男孩瑟縮在角落裏不住地發抖。

奇怪，他們的怒火是針對這個小男孩嗎？布布路疑惑地打量着這個長得跟莫里斯無比相似的小男孩，他畏畏縮縮的樣子怎麼看都不像壞人……

長老走向小男孩，板着臉說：「經過天目族全族人的商議，決定判處你火刑！」

「火刑？」布布路難以置信地驚呼出聲，「你們要對一個小孩子施以火刑？他犯了甚麼罪？」

可是沒有人看得見布布路，更聽不見他的質問。

「不，請大家相信我，我說的都是真的！山洪就要來了，天目族將在這場山洪中被毀滅！」面對可怕的宣判，小男孩抹乾臉上的淚痕，指着自己眉心的第三隻眼睛，天真地說：「是這隻天眼

告訴我的，不會有錯，大家快逃命吧！」

但他的話讓圍住他的大人們露出了更為恐懼和憤怒的表情，他們紛紛叫罵起來：

「胡說，一整年都在鬧旱災，已經九九八十一天沒下雨了，怎麼會暴發山洪？」

「天目族的第三隻眼根本沒有甚麼特殊能力，甚麼天眼，簡直是妖言惑眾！」

「你分明是散播謠言，想要引起混亂！」

「可是，上次他說長老的兒子會病死，真的病死了啊……」

「這孩子是『魔胎』！會帶來災難的可怕魔胎，燒死他！」

幾個強壯的男族人走上前，粗暴地將小男孩捆綁起來，拖向洞穴外的空地……那裏支着一個木頭火刑架。

變幻之夜

「我沒有騙人，請你們相信我！」小男孩拚命哀求着。

族人們無動於衷地望着被綁在火刑架上的小男孩，沒有人流露出一絲同情和內疚。

混亂中，有人朝淋滿燃油的木堆上丟出致命的火種，族人們如釋重負地鬆了一口氣，三三兩兩地散去了。

「你們不能這樣做！」布布路憤怒地呼喊着，拼盡全力地拉扯着，卻只能像一陣無形的風一般徒勞無功地在火刑架和人羣中穿梭。

「不要丟下我，求求大家，不要丟下我……」熊熊的火勢順着木堆燃燒起來，眼看就要蔓延到小男孩的腳下，小男孩驚恐而絕望的呼喊聲刺痛了布布路的心。

是甚麼原因讓一羣大人用如此殘忍的方式對待一個孩子？布布路想不明白。他的視線被淚水模糊了，唯一能做的只有雙手合十，祈禱奇跡發生。

也許是布布路的誠心感動天地，也許是老天也憐憫這個可憐的小生命，流下了同情的淚水，就見厚重的黑雲自天邊滾滾而至，傾盆大雨從天而降。

暴雨澆滅大火，也沖垮了火刑架，小男孩拖着滿身灰塵從燒焦的木炭中爬了出來。

「為甚麼沒人相信我，我只是想保護大家而已……為甚麼？為甚麼大家如此狠毒……為甚麼要踐踏我的真心……我不甘心……不甘心啊……」死裏逃生的小男孩放聲大哭起來，他的眼眶裏竟然流出了血淚……等眼淚流乾後，他眼中的天真和善意消失了，取而代之的是濃濃的恨意，他的面目扭曲起來，化為厲鬼般猙獰的面孔，口中發出惡毒的詛咒，「不可饒恕，我絕不饒恕你們！我要詛咒，用我的心、我的血、我的生命、我的一切來詛咒你們，讓你們嘗嘗後悔的滋味……」

天地間黑沉沉一片，暴雨滂沱中，小男孩爬回黑暗的洞窟，他用哭得嘶啞的聲音喃喃念道——

「地獄的無盡黑暗啊，聆聽我的請求吧……

「飄浮於世間的迷惘、悲傷和憎惡啊，統統化為我的力量吧，我以血為契約，將身體與靈魂獻祭給無邊的黑暗！用我的怨恨之力給予天目族同等的創傷吧，等你們落入地獄，也絕不要忘記我莫里斯的憤怒……」

小男孩的委屈和怨恨全都化為恨意，對族人們施下可怕的詛咒，曾經他對天目族有多愛，如今他對族人們下的詛咒就有多惡！

「不要啊！不要幹傻事……」無論布布路怎樣呼喊阻止，都是徒勞的……

布布路親眼目睹小男孩的肉身淪為活祭品，那些無法生存於世又無法消失於黑暗的怨念的聚合物，全都向小男孩聚攏而來，污濁的黑霧漸漸將他孱弱的身軀籠罩。

小男孩痛苦地挖出自己的第三隻眼，扔了出去。

那隻原本晶瑩純淨的眼睛骨碌碌滾到地上，在小男孩鮮血的浸染下變成了刺目的血紅色。

隨後，男孩的身體急劇變化，跟黑霧完全融合，變為了一個沒有實體的怪物，一陣恐怖的嘶嘶聲傳了出來——

「我贏了……邪惡才是不可戰勝的……」

看到這裏，布布路倒抽了一口涼氣，拳頭握得咔咔響，他記得那個聲音，是伊里布！

原來這就是伊里布的來由！小男孩無法自行治癒心靈的嚴重創傷，也無法抹平仇恨和怨念，他拋棄了人類的身體和心靈，黑暗中無形的邪惡力量附着在他身上，他終於墮落為黑暗戰神——伊里布。

轟隆隆！布布路心驚地看着這場可怕的異變，他耳邊傳來令天地為之撼動的轟鳴聲——山洪暴發了！

就如小男孩預言的那樣，厚重的黑雲帶來急驟的大雨，大雨沖斷山脊，撞潰堤壩，裹挾着成百上千噸泥土沙石的洪水如萬丈高牆，洶湧地向着天目族的居住地襲來。

殘留在布布路意識中的最後一幅畫面，是天目族人在山洪中拚命掙扎。

布布路眼前一黑，伊里布得意的獰笑、天目族人的震天哭號……一切都被黑暗所取代。

黑暗呈渦旋狀高速運轉，瘋狂的轉動中，布布路的指尖碰到一個冰涼的東西，他下意識地將之握緊。一股巨大的力量隨之傳來，那力量帶着他衝破重重的黑暗……

新世界冒險奇談

第十六站 STEP.16

牽絆

MONSTER MASTER 11

生的通道

「哇！」

布布路一頭撲倒在地，發現自己又回到天目塔，賽琳娜和帝奇正一臉緊張地看着他。

「布布路，別再莽撞行事了！」賽琳娜火冒三丈地捶了布布路一拳，「剛才要不是帝奇及時用蛛絲纏住你的腳踝把你拉出來，你就……」

「可是，千目珠也許是救餃子的唯一希望啊！」布布路將緊握的右拳展開，千目珠正靜靜躺在他的掌心。

布布路站起身來，伊里布正陰森森地盯着他們，四周的污濁氣流沒有絲毫變化。

在旋渦裏明明過了很長時間，現實卻好像只是一眨眼的工夫。

剛才的一切……是夢嗎？如果伊里布是小男孩莫里斯變幻而成的，那麼千目怪又是甚麼呢？是從哪裏來的呢？

布布路剛想開口告訴同伴們自己之前看到的一切，突然，黑洞洞的空間裏傳來一聲呼喚——

「長生，你在這裏嗎？」

嘎吱，污濁的黑暗中竟奇跡似的打開一扇門，兩個熟悉的人影穿過門洞，出現在大家面前。

「戈林……」

「國王陛下！」

布布路三人傻眼了，他們怎麼來了？

帝奇的暗器在指尖咔咔錯動，這個陷害他們的戈林，他還敢出現！

國王長安瞇了瞇眼，適應黑暗後，狐疑地打量起四周的情況，詫異地問戈林：「這裏真是黑暗聖井的下半截？我們沒來錯地方吧？」

「沒錯，他們就是我跟您提到的餃子——不，長生殿下的怪物大師預備生同伴……」戈林的目光掃到布布路他們身上，招呼道：「你們幾個快通過我建造的這扇門出去！」

布布路一頭霧水：這是怎麼回事？戈林是來救他們的嗎？

「我們才不相信你，之前就是你把我們騙下來的！」賽琳娜一臉不相信的表情。

「你不會又要耍花樣吧？」帝奇不客氣地質問道。

戈林面不改色地望着三人，沉聲道：「不管你們信不信，我要提醒你們，我的怪物只有 C 級，而且我和它之前都沒來過這個地方，所以空刃之門很不穩定，維持時間也十分有限，如果你們不抓緊時間逃出去，恐怕沒有第二次機會了。」

原來戈林和長安是通過空刃之門來到這裏的！

之前餃子向大家解釋過，當使用這個技能時，地獄巨犬或戈林必須對要去的地方有明確的印象才行，但天目塔下半截是不可能有其他人進來過的，這種情況下會怎麼樣呢？賽琳娜在腦子裏快速回想怪物大師圖鑑，這樣貿然切開空間，不管是怪物本身，還是通過通道過來的戈林和國王長安應該都是冒着被虛空吞噬的巨大危險的……

難道戈林和長安真的是來幫助他們的嗎？還是另有目的呢？

「這裏發生了甚麼事？」長安緊張地問：「長生呢？他怎麼沒和你們在一起？那……那個巨大的東西是甚麼？」他驚恐地指着匍匐在不遠處的伊里布。

「哈哈哈……」

伊里布醜陋而巨大的身軀在笑聲中顫抖着，似乎很高興，它就像一個老練的獵人，並不急着置獵物於死地，而是饒有興趣地看着獵物們垂死掙扎。

「恐懼、猜忌、憂慮……人類這種多愁善感的生物，真是妙不可言的美味啊……哈哈哈，全都變成本座的養分吧……」

戈林打量着渾身散發着濁氣的伊里布，本能地跨步上前，與地獄巨犬一起護住國王長安，大聲對布布路他們喊道：「你們和陛下離開！快，沒時間了，門很快就會消失！」

只有邁過那扇門，就能回到溫暖的地上世界，布布路三人知道那扇小小的門就是生的希望，但是面對戈林的催促，卻沒一個人挪動腳步。布布路堅定地說：「不，我們不能丟下餃子！」

「長生怎麼了？」長安焦急地問。

「如你所願，他被伊里布吞噬了。」帝奇冷冷地瞪着長安。

「伊里布？」長安大驚失色，「它在哪兒？」

「在那兒……」賽琳娜抬起手，指向長安口中那個「巨大的東西」。

被打開的記憶之門

「不可能！」長安望着全身佈滿黑洞洞眼睛的伊里布，震驚使得他的臉漲得通紅，他難以置信地說：「伊里布是塔拉斯信奉的神明，怎麼可能是這……這副模樣？」

「伊里布怎……怎麼會吞噬餃子？」戈林面部一僵，小聲嘀咕道：「難道說，餃子沒有成功放回千目珠嗎？」

不等布布路他們解釋，伊里布先嘲弄地開口了——

「塔拉斯的王啊，您忘記了嗎？把本座召喚到這個世界上的可是您本人啊！」

「甚麼？你在說甚麼？」長安震驚了，他雙手用力地捂住頭，驚疑不定地看着緩緩向他走近的伊里布，突然，他雙目圓睜，猛地打了個激靈，痛苦地說：「我……我好像想起了甚麼……」

「真不愧是能當上王的人啊，如我期待的一般忘恩負義，哈哈哈！」

伊里布陰森森地笑着，像是故意要擾亂長安的心神，殘忍地將真相全部揭開——

「兩年前，塔拉斯如期在黑暗聖井中展開王位之爭，為了活命，您召喚出本座這個戰神，並利用本座的力量戰勝了所有兄弟姐妹。

「您體內充滿頑強的求生意志和對權力的渴望，那對於本座來說真是絕好的養分啊……可惜人類的身體比本座想像中更孱弱，尤其是您這虛弱的身體，甚至承受不住本座三分之一的力量，本座感到十分惋惜和失望⋯⋯就在您的身體快要崩塌的時候，那個藏在角落的男孩站了出來，他代替您成為本座的宿主。為了心愛的大哥，可愛的弟弟勇敢地背負起殘酷的命運，從此，本座以第三隻眼的形式蟄伏在他額頭上。

「嘻嘻，無數個寂靜的夜晚，本座看着這個因為恐懼而無法入眠的孩子，他瑟縮着蜷縮在角落裏，畏懼着第三隻眼睛完全睜開的那一天，畏懼着也許睡下去就無法再醒來，畏懼着終有一天身體會不再是自己的⋯⋯這孩子心中的恐懼和絕望是我沒品嘗過的最美味的養分啊⋯⋯哈哈哈！」

伊里布故意晃動着駭人的黑色身軀，隱隱露出餃子的身體。在黑暗濁氣的包裹下，餃子像嬰兒般蜷縮着，雙目緊閉，像是進入深度睡眠之中。

令布布路他們感到激動的是，餃子嘴邊的髮絲如微風拂過般輕輕顫動着，那呼吸，證明他還活着。

「餃子！」布布路他們焦急地往前衝。

「噓！不要吵，不要打擾他，安心讓這孩子睡吧，哈哈……」

伊里布陰沉地低笑着。一雙雙黑暗的眼睛充滿惡意地望着眾人，在黑暗的死亡凝視之下，不論大家怎麼努力，都寸步難行。

「天哪，這不是真的……」長安臉色煞白，撲通一聲跪倒在

地。兩年前在黑暗聖井中發生的事情一直是他記憶中的一塊空白，慘死的兄弟姐妹，失蹤的弟弟……他只能按照清醒後所看到的畫面做出判斷。

如今，沉睡在潛意識中的記憶終於甦醒了，斷裂的記憶碎片拼湊起來，那個有如影子般的兇手形象漸漸清晰，不是別人，正是他自己！

戈林的坦白，長安的選擇

塵封的記憶如潰堤的洪水，將長安淹沒在痛楚和內疚的汪洋之中。

「少假惺惺裝失憶了！」賽琳娜憤怒地瞪着長安說：「餃子選擇替你背負起滔天的罪惡，過着顛沛流離的生活，可他從來都不恨你，反而時時刻刻都牽掛着你……你卻一認出他，就下令把他綁起來。」

「可是，我覺得他不像在撒謊……」布布路撓着腦袋，「國王陛下既然把貧民窟建設得那麼好，還保存着充滿餃子回憶的古榴木，也許真的是失憶了啊！」

「傻瓜！你別忘了，他還讓屬下把餃子和我們三個關進黑暗聖井，想要埋葬我們。」帝奇冷冷地接口道：「這樣你就可以堂而皇之地避免王位之戰，高枕無憂地當國王，繼續享受百姓的膜拜和愛戴了。哼，真是個了不起的偽善者！」

「不，不是這樣的……」殘酷的事實將長安打擊得體無完膚，他無顏辯解，內心充滿自責和對自己的厭惡。

「不，你們錯怪陛下了。」看着渾身顫抖的長安，戈林露出了悲傷的表情，他義無反顧地站出來，說：「把餃子和你們關進黑暗聖井的人不是陛下，而是我！餃子偷偷告訴我他的計劃，希望我能把你們送出城，但我希望你們能幫助餃子，所以把你們騙了過來，並關閉了黑暗聖井，斷了你們的退路。我想這樣一來，大家齊心協力一定能成功，那麼天亮前我會放你們離開……」

「胡說，你關閉黑暗聖井時，所有的石梯隨之合攏，差點要了我們的命！」賽琳娜不耐煩地打斷戈林。

「雖然我不知道關閉井口後裏面會發生甚麼，但是你們各位都是怪物大師預備生吧？我相信餃子和各位都有足夠的能力應付這樣的情況才對……我如果真心置各位於死地，那麼，此刻，我和陛下為何而來呢？」戈林神情認真地反駁道。

「塔拉斯在陛下的統治下欣欣向榮，他是塔拉斯的希望，無論如何，塔拉斯都不能失去這位好國王，必須有人站出來阻止這場王位之爭。我這麼做，並不是為了陛下，而是為了塔拉斯千千萬萬的百姓和國家的未來！可是，陛下很快察覺了，是他命令我帶着他來找你們！兩年來，陛下一直在到處尋找弟弟，他還特意在通緝令上警告，不許傷害餃子，一定要活捉，因為他希望餃子能親口告訴他，當年的那場王位之爭到底是怎麼回事……」

戈林碧綠色的眼睛目光灼灼地望着大家，擲地有聲地說：「總之，把你們騙到這裏，是我一個人的錯！我不後悔，也不奢望獲得原諒！如果是為了塔拉斯的大義，微不足道的我成為壞人又有甚麼關係呢？但請你們不要再怪罪陛下。」

戈林的坦白讓大家啞口無言，人之所以為人，正是因為有血有肉、有愛有恨，每一個人都有自己的出發點，為了自己的信仰和自己認為重要的人去努力……這其中的錯與對，原本就很難界定……誰又有資格去指責呢？

「嗷嗚！」這時，地獄巨犬發出艱難的呻吟，空刃之門正一點點地萎縮起來。

「你們趕緊離開！」戈林全身大汗淋漓，因為地獄巨犬等級太低，他正用生命的力量和怪物進行心靈連接，拚命延長着「門」的存在時間，「我留下來救餃子，即使犧牲生命我也會救出他！」

「不，戈林，這和你無關，都是由我一手造成的，如果我當年不是對王位那麼渴望，一切就不會發生。」長安淚流滿面地對戈林下達最後的命令，「聽着，你掩護這幾個少年先離開，如果他們有事，我欠長生的情義就永遠都還不清了！」

說完，長安深吸一口氣，張開雙臂，毅然決然地迎着伊里布走去：「兩年前，長生為我而背負沉重的命運，這一次，就讓我用生命來換回長生吧！戰神伊里布啊，我以塔拉斯國王之名，請求你用我做養分，放過我親愛的弟弟——長生吧！」

預備生情緒控制測驗

當你得知自己體內那股邪惡力量的由來是人類難以癒合的心靈創傷，是無法抹平的仇恨和怨念，你會被這股力量同化產生心魔嗎？

A. 不會。　B. 可能會。　C. 會。

■即時話題■

阿不思：在下認為，每個人都有「心魔」，而克服心魔的方法不止一種。在下使用的方法比較粗淺，每當被負能量的情緒所籠罩的時候，在下就會投身大自然的懷抱，在平靜祥和的氣氛中洗去心靈的疲憊。在下現在準備出發修行了——

餃子：等等，請前輩務必帶上我！

布布路：還有我！

帝奇：我！

（摩爾本十字基地的廣場上，除了阿不思之外，多了三座人形雕像。）

餃子（鬱悶的眼神交流）：阿不思前輩，這算是投入大自然的懷抱嗎？你不覺得我們在大瀑布底下靜靜打坐，同時經受強力水流的洗禮比較好嗎？

布布路（不舒服的眼神交流）：太陽好大好刺眼，我快熱死了！

帝奇（煩躁的眼神交流）：那羣圍觀我們的傢伙好礙眼啊！

阿不思：ZZZZ……

餃子：咱們的心魔好像更重了呢！

完成這個測試後，你可以鑒定自己作為一個怪物大師預備生在情緒控制方面達到了甚麼程度。

測試結果就在第十二部的210，211頁，不要錯過哦！

MONSTER MASTER ·LOVE & DREAMS·

這是成為怪物大師的必經之路!!!

尊敬的讀者：現在你跟隨布布路一起踏上了成為怪物大師的道路！向所有的困難發起挑戰吧！

新世界冒險奇談

第十七站 STEP.17

心之強度

MONSTER MASTER 11

奇跡的呼喚

長安義無反顧地決定犧牲自己換回餃子，布布路他們的臉上全都覆滿淚水，再也說不出譴責的話，只是更加痛恨那個靠吸食人類情感和願望增強力量的伊里布。

「陛下！」眼見長安朝伊里布走去，戈林情緒激動，急火攻心之下，他和地獄巨犬之間的心靈連接消失了。

咔嗒一聲，空刃之門關上了，耗盡了體力的戈林和地獄巨犬同時像被甚麼擊中了一般，轟然倒地。

「對不起，C 級的地獄巨犬將無法在二十四小時內重建空刃之門，大家……這下真的出不去了……」戈林渾身乏力地癱坐在地上，懊悔地說。

大家唯一的生存之門關閉了，但沒人露出失望的表情。

布布路主動向戈林伸出手，將他從地上拉起來。

賽琳娜對一臉意外的戈林說：「國王不會丟下弟弟，我們也不會丟下同伴獨自逃命。」

帝奇在一旁淡淡地說道：「哼，我們要打敗這噁心的傢伙，把餃子救出來。」

「是啊！我們一起創造奇跡吧！」布布路笑了，露出閃閃發亮的白牙。

「嗯……」感受到布布路三人話中的溫暖和力量，一向驕傲要強的戈林紅了眼眶。

可惜，對自視為神的伊里布來說，不管他們誰犧牲自己，又為了甚麼，他們都只是它的養分而已。人類複雜的感情無法給它帶來任何情感上的波動，它需要的只是那些寄生在人類靈魂深處的美味邪念……

看到事態跟預想的發展截然不同，無法吸收更多邪念的伊里布終於不耐煩地咆哮起來：

「夠了！愚蠢的人類啊！人與人之間的牽絆並沒有你們想像的那麼深啊，全都成為本座的新養分吧……」

伊里布居高臨下地盤踞在黑暗中，像俯視螻蟻一般冷漠地看着眾人，周身散射出瘆人的黑暗濁氣。一道道濁氣有如漆黑的巨蟒一般朝着離自己最近的長安張牙舞爪地咆哮而去，準備將之吞噬。

「休想！」布布路氣勢如虹地揮舞拳頭，閃電般衝了上去，兩道身影緊隨其後，巴巴里金獅和地獄巨犬載着帝奇和戈林同時躍起，一左一右地向伊里布發出猛烈的攻擊。

賽琳娜讓水精靈釋放出六面堅固的冰凌盾，將長安拖到冰凌盾後面。

伊里布根本不把四人放在眼裏，它不躲不閃，眨動着全身無數的黑暗之眼，釋放出更加強勁的黑暗版「死亡凝視」。

空間像一張被擰緊和揉搓的黑布，極盡誇張地扭曲着，整個空間好像失去了重力。布布路的拳頭還沒碰到伊里布就被彈開了，布布路不管怎麼努力都使不上力氣。帝奇和戈林以及兩隻怪物從半空中轉起了圈。賽琳娜和水精靈輕飄飄地飄了起來。

大家正嘗試適應這感覺，猝不及防地，空氣突然變得如鐵塊一樣沉重，大家全都直直墜落下來。水精靈的冰凌盾轟然崩潰，大家全都被壓垮在地，爬不起來。

然而，長安留意到，沒有人放棄，當布布路他們掙扎着再度爬起來的時候，他們眼中燃燒着濃濃的鬥志，面對戰神伊里布這樣強大的對手，他們竟然毫不畏懼！

布布路他們的執着和堅定感染了長安，他振作起來，放聲呼喚道：「長生！長生！你看到了嗎？你的同伴們正在為你戰鬥啊！」

從小生活在王族家庭，長安內斂穩重，從不敢輕易對任何人吐露心聲，但是這一刻，他發狂般咆哮起來 ——

「長生，你能聽到我的聲音嗎？真正的強者永不言敗！我最引以為傲的弟弟啊，大哥相信你一定能做到！長生，你聽見了嗎？醒過來，不要放棄，不論面對甚麼樣的困難和敵人，都不要放棄！」

長安聲嘶力竭的呼喚讓布布路他們熱淚盈眶，沒錯，人類的心靈沒有那麼容易被摧垮，只要心中堅守正義的信仰，他們一定能戰勝邪惡的黑暗力量，創造奇跡。

「餃子！」

「餃子，醒醒啊！」

「不要放棄！」

大伙兒跟着長安一起呼喚起來，如果餃子還有一點點的意識，他一定會與戰神伊里布抗衡到底！

似乎是感受到眾人心中不屈的意志，迫不及待要汲取養分的伊里布突然頓住了，全身黑洞洞的眼睛凝望着布布路他們，血色的巨大眼球不經意間流露出一絲驚疑之色。

在千目怪黑暗化的龐大身軀裏，緩緩探出半截孱弱而痛苦的身影。

「是餃子！」布布路驚喜不已，他們的呼喊奏效了！

心靈的覺醒

在長安和布布路他們的呼喊聲中，被伊里布禁錮在體內的餃子終於甦醒了！

「不能輸……不能放棄，我……一定要……成為……真正的強者……」斷斷續續的聲音從餃子口中緩緩吐出，他憑藉着強大的意志力睜開了眼睛，衝破了黑霧的束縛。

伊里布的動作也隨之遲緩下來，顯然是餃子的甦醒牽制住了它。

被黑化的藤條妖妖也漸漸恢復清明，擔憂地望着主人，餃子的意識雖然甦醒過來，但他的身體卻沒有力氣掙脫伊里布。

餃子虛弱地望着三個同伴、戈林、大哥，剛剛在沉睡中大家的聲音他都聽到了……

這一刻，他強烈地感覺到，大家的心都綁在一起，不論置身甚麼樣的困境，這些人也永遠不會丟下自己、放棄自己，為了這一份份沉甸甸的情義，他要讓自己變強！

「我明白了，跟伊里布的戰鬥是一場心靈之戰，只要意志力足夠強大就不會被他吞噬！」餃子挺起了胸膛，眼神驀地變得無比堅定，看起來耀眼極了。

「長生……」

「餃子……」

大家心中燃起希望，伊里布卻放肆地大笑，黑色的千目閃着危險的光芒：

「既然你那麼想要自由，那本座就仁慈地賞你自由！反正對現在的本座來說，你已經沒有任何利用價值了！如你所願吧——」

說完，伊里布緩緩高舉尖銳的手爪，刺向餃子，伊里布要徹底吸乾餃子體內的養分，然後將之丟棄！

餃子的身體像被黏住了似的無法動彈半分，而空間中異常的重力也讓想要衝過去的布布路幾人的雙腿如灌了鉛一般沉重。

眼看伊里布的利爪在餃子的瞳孔中愈來愈大，千鈞一髮之際，藤條妖妖掙扎着揚起了頭，頭頂的花朵綻放到極限，濃烈的花粉打破了被伊里布禁錮的空間，空氣重新流動起來。

利用這幾秒鐘寶貴時間，布布路趁機猛地躍起，高舉金盾棺材替餃子擋下伊里布的一擊！

藤條妖妖和餃子的心靈連接重新建立了！它伸出藤條，捲住餃子的上半身，奮力把主人從伊里布體內拔了出來。

戈林捏緊了拳頭，地獄巨犬感應到主人傳遞的信念，將餃子馱回大家身邊，長安和餃子的手緊緊握在一起。

「竟敢反抗我？沒人能夠逃離本座的掌控！本座會把你們一個個吸取得乾乾淨淨……」

伊里布暴怒地咆哮起來。

「我們不會輸的！」布布路突然想起了甚麼，從懷中掏出千目珠，挺起胸脯大聲說：「我已經通過千目珠看到真相！莫里斯跟伊里布根本就是同一個人！」

這話讓蓄勢待發的伊里布突然遲疑下來，布布路趁機三言兩語將他剛才落入千目旋渦中的所見所聞告訴大家。

根據布布路的講述，賽琳娜猜道：「布布路看到的也許是莫里斯隱藏在黑暗虛空底層的回憶，而千目珠恰巧是開啟這段塵封回憶的鑰匙……」

「原來如此，難怪查拉說伊里布和千目珠蘊含的力量同根同源……」餃子虛弱地說。

長安聽得心跳如鼓：「沒想到，塔拉斯的戰神只不過是在黑暗中聚集的邪惡意念……」

帝奇厭惡地看着伊里布，低聲道：「難怪伊里布會對千目珠產生排異反應，因為真正讓它畏懼的，恐怕是隱藏着莫里斯人性的這隻心靈之眼。」

「這麼說，只要讓千目珠回到伊里布身上，我們也許就能打敗它！」戈林一臉震驚地總結道。

「胡說八道！」

伊里布不相信地嘲笑道——

「本座可是塔拉斯乃至整個青嵐大陸信仰的戰神！」

最後的勝算

伊里布氣急敗壞地睨視着眾人，一隻隻黑洞洞的眼睛嗖嗖轉動着，污濁的空間裏風起雲湧，沉重而扭曲的氣流將布布路他們牢牢困在原地。

布布路偷偷把千目珠塞給餃子，用口型向同伴們表達：我們得把珠子放回伊里布身上。

這將是一場更激烈而危險的戰鬥，但沒有人膽怯，餃子攥緊千目珠，和同伴們一同展開行動。

藤條妖妖努力散發具備清神醒腦功效的花粉，減輕大家因空氣震盪而產生的暈眩。

「地獄巨犬，活閃步！」面對逐漸凝固的氣流，戈林急聲向地獄巨犬下令。

地獄巨犬閃動着巨大的尾巴，劈向黏稠的黑暗，黑暗中豁然出現一道缺口，大家只覺得眼前一黑，下一秒，布布路他們發現自己竟變得稍微接近伊里布一點兒了。

「怎麼回事？」布布路驚奇地瞪大眼睛。

大家身邊不斷地出現缺口，缺口每出現一次，他們就從另一個地方出來，在黑暗空間中四處閃現着。雖然他們正漸漸靠近伊里布，但伊里布也不知道他們下一秒會從哪裏出現，變得無從下手。

戈林滿頭大汗地調用全身力氣和地獄巨犬進行心靈連接，沒有餘力向布布路說明。

賽琳娜忙替戈林解釋道：「活閃步是地獄巨犬的另一個技能，可在同一空間內進行短距離跳躍，不過……」她擔心地看着面色愈來愈慘白的戈林，「之前他維持空刃之門就已經體力透支了，現在使用這個技能，他……是在透支生命啊……」

「戈林，不要幹傻事……」餃子想要阻止戈林。帝奇卻攔住了他。

「尊重他的心意吧！」帝奇示意餃子看看戈林的表情。

戈林已經沒力氣說話了，但他咬緊牙關，意志堅定，用眼神傳達自己的決心：

他一定要把餃子他們送到伊里布身邊，哪怕耗盡精力、獻出生命都在所不惜！這是王宮侍衛團團長、餃子的摯友——擁有雙重身份的戈林的戰鬥方式！

接收到戈林的心意，餃子眼眶濕潤了，布布路他們胸中燃起強烈的鬥志。

就在大家距離伊里布近在咫尺的時候，戈林和地獄巨犬也精力耗盡，雙雙昏厥在地，黑暗中的一道道缺口也隨之消失。

陛下，餃子，你們一定要活着出去……

這是戈林最後的信念。

失去活閃步的保護，有如鉛塊般沉重的黑暗氣流再一次兇猛襲來。

「餃子！」布布路朝餃子使了個眼色，一個箭步朝着近在眼前的伊里布揮拳衝去。

帝奇和賽琳娜從容地從餃子身側擦過，一左一右地跟上布布路。

長安也毫不猶豫地拔出腰間的佩劍，加入戰局。

藤鞭抽擊、獅王咆哮彈、強力水柱……三個怪物鉚足全力發動技能，從正面吸引伊里布的注意。

布布路高舉金盾棺材猛砸一個個不停閃爍着黑暗光芒的眼球；帝奇的暗器在兩人身後如影隨形，無一虛發地射中那些來襲的眼球。

長安見縫插針地揮舞長劍替三人斷後。

然而，伊里布就好像沒有軟肋一般，它靈活地操弄着黑暗之眼，利用空間和氣流上的絕對優勢，將布布路他們的進攻一一化解，那些被擊中的眼球迅速自癒，很快就完好如初。

片刻之後，像是玩膩了貓逗弄老鼠的遊戲，伊里布身體中央那顆巨大的血紅眼珠閃了閃。布布路他們瞬間被驚濤駭浪般的黑暗氣流震飛。

伊里布的背後赫然張開密密麻麻的黑暗之眼，一雙雙黑洞洞的瞳仁惡狠狠地瞪向不知何時偷偷繞到他身後的餃子。

「哦！」餃子渾身寒毛倒豎，誇張地打出一串激靈。

「哼，該結束了，卑微的人類！」

伊里布嘲笑着餃子的故作聰明，張牙舞爪地伸出無數黑暗濁氣的觸手，捲住餃子，再次將餃子吞噬掉，並發出猖狂的大笑——

「沒有人是本座的對手，哈哈哈！」

令人窒息的黑暗裏，大家的手緊緊拉在一起，沒人出聲，每個人都咬緊牙關，屏息以待着甚麼……

突然間，伊里布的笑聲戛然而止，無邊無際的黑暗身軀急速坍塌，額頭上赫然浮現出一隻澄亮的眼睛！原來，剛才的一切都是大家合力佈下的局，通過布布路他們的進攻，目的是讓伊里布相信這是這羣「渺小人類」的拼死一搏，並毫不忌憚地吞噬餃子，而餃子的真正目的則是從內部突破。

餃子憑着一顆永不放棄的強者之心，維持住自我意識，最終將千目珠放回了伊里布體內！

新世界冒險奇談

第十八站 STEP.18

救贖與重生

MONSTER MASTER 11

與眾不同的孩子

在眾人的共同努力下，餃子從千目怪體內突破，將千目珠放入伊里布的眉心處。

污濁的黑暗大片坍塌，伊里布和千目怪黑化融合的龐大身軀也有如冰雪消融般萎縮下去，四周劇烈晃動，轟鳴聲不絕於耳，散落的黑暗氣流將空間攪和得烏煙瘴氣。

伊里布發出驚惶而痛苦的嚎叫，猙獰而黑暗的形體急速散去。當最後一抹黑暗散去，餃子被完好無恙地分離出來，顫巍巍地朝布布路他們比畫出勝利的手勢。

「餃子！」布布路三人又哭又笑，跌跌撞撞地朝餃子跑去。

長安也和戈林相互攙扶着，頭重腳輕地跟上來。

龐大的千目怪和猙獰的伊里布都消失無蹤，眼前只剩下一個和大家年齡相仿的小男孩，小男孩的眉心處長着清澈的第三隻眼。

「他就是我之前在黑暗旋渦中看到的小男孩！」布布路激動地說。

「你們好，我是莫里斯。」小男孩的聲音充滿稚氣，目光卻十分淡然，散發出與年齡不符的成熟與滄桑。

大家驚喜地互相看着，心靈之眼遏制住了伊里布，讓莫里斯終於變回原樣了嗎？

長安和戈林也一臉驚訝，沒想到戰神的真身竟然是一個小孩子。

「莫里斯，我在黑暗旋渦裏看到的果然不是夢，對嗎？」布布路好奇地湊上前，總覺得跟莫里斯像是認識了很久的朋友。

「這究竟是怎麼回事？如果伊里布其實是你變化而成的，那麼千目怪又是甚麼呢？從何而來呢？」餃子問出大家心中共同的疑問。

「在漫長的歷史洪流中，天目族的傳說在人們的口耳相傳下已經失真……」莫里斯清澈的第三隻眼中閃過一抹陰霾，他就像陳述一個和自己無關的故事一樣，緩緩說出天目族的歷史真相——

天目族人雖然天生擁有第三隻眼，但那隻眼睛除了讓他們樣貌奇特之外，並沒有甚麼特別之處。所謂「天眼」，不過是人們以訛傳訛的流言。

但是族中卻真的誕生過一個與眾不同的孩子，這個孩子就是莫里斯。他具備超越常人的感官能力，能敏銳地捕捉到大自然與天地萬物的細微變化，進而預知即將發生的災禍，彷彿真的擁有「天眼」的能力。

族人都說莫里斯擁有未卜先知的天賜能力，但莫里斯知道，自己只是利用靈敏的感知能力獲取了更多大自然的情報，並對所得的資訊進行分析而已。

後來，莫里斯在閱讀書籍的時候，發現一種可以移動的石頭，利用石頭的特性，他設計出千瞳石窟，防止獵殺者進入天目族的聚居地……

莫里斯保護了天目族，被族人捧成天才般的英雄。莫里斯的行為並非依靠甚麼千目珠的神奇力量，只是靠着他的勤奮和好學，更多的，則是對種族命運的擔憂和責任感。

作為成功地抵禦外敵的英雄，小小年紀的莫里斯得到了族人的尊敬。

然而好景不長，不久之後，聽說不斷有狩獵者在千瞳石窟遇難。前去調查的族人在千瞳石窟裏發現了可怕的食肉蟻蠊。蟻蠊是藍星上適應能力最強的生物，在千瞳石窟建成後，生活在這裏的蟻蠊為適應食物短缺和嚴苛的新環境，罕見地變種為體積更大的雜食性物種。

族人十分驚駭，他們認為是莫里斯在石窟中飼養蟻蠊作惡，再加上莫里斯總是會精準地預言災禍，族人愈來愈害怕他的「與眾不同」。他們暗暗覺得這孩子是個不祥的存在。很快，他們忘記了莫里斯的功勞，漸漸地，恐懼演變成厭惡、憎恨……

莫里斯對此毫不知情，他仍天真地將那些他「預知」的災禍告訴族人，比如瘟疫、乾旱、洪災……

一場場災難如期而至，莫里斯的厄運也隨之而來。

人們不再感激莫里斯的好心提醒，相反，他們認為這一切災難都是莫里斯製造的，認為他是會帶來死亡的魔鬼。

再沒有人相信莫里斯的話，更沒有人願意與他溝通，連莫里斯最尊敬的長老也對他避之唯恐不及。

最後，族人們認為，只有讓莫里斯徹底消失，才能停止那一次次應驗的可怕災難。為維護種族的穩定，平息族人的怒火，長老將莫里斯囚禁在陰冷潮濕的地牢中。

最後，就如布布路看到的那樣，長老和族人們對莫里斯實施了最殘酷的刑罰。

莫里斯向黑暗獻祭自己的身體，他忘記過去，忘記人世的溫暖，忘記對族人們的熱愛，只剩下無窮無盡的黑暗與仇恨。

他拋棄了象徵着自己人類之心的第三隻眼睛，墮落為黑暗戰神——伊里布。因為被拋棄的第三隻眼帶走一部分的力量，所以伊里布無法以實體的形式存在，只能依附他人作為宿主……

莫里斯脆弱的人類之心被封鎖在千目珠裏，它雖然飽含對族人的牽掛，卻無法承受被拋棄的痛苦，它像尋求自我保護一般製造出一個結界。結界裏永不停止地上演着一個虛擬的夢境，在那個夢境中，就像族人的惡毒猜度一樣，它幻化出族人心目中臆想的魔胎 —— 千目怪。

那些被囚禁的天目族人，不過是莫里斯潛意識中的產物，正是他們的惡意和叛離造就了莫里斯的噩夢。

黑暗聖井，正是當年莫里斯將自己獻祭給黑暗的地方，這也是為甚麼在這裏能召喚出戰神伊里布。其實，天目塔的下半截根本不存在，大家只是通過千目珠進入了莫里斯製造的噩夢裏！

難以揣測的人類之心

原來伊里布和千目怪都是這場悲劇的產物，是仇恨催生的心魔，它們擁有強大的力量，卻也日夜承受着復仇之火的煎熬……

莫里斯的話將大家帶回很久很久以前那段痛苦的回憶中，大家的心就像被緊緊揪住了一般難過。

賽琳娜沉痛地感悟道：「被族人辜負、傷害，失望和仇恨讓莫里斯選擇放棄自我，跟黑暗融合在一起。數千年來，人類世界源源不絕匯聚而來的惡意成了他的養分，以邪惡的負能量為食的伊里布愈來愈強不可摧，甚至成為青嵐大陸上被人們膜拜的

戰神，每一個揣着野心和貪念的人，都渴望得到戰神的強大力量。」

「是啊，我們都是造成這罪孽的一分子……沒想到，王族的聖地竟是罪惡的滋生地……」長安難以置信地跪倒在地。

「也許連伊里布自己也不知道，為何它變成神一般的存在。」餃子若有所思地沉吟道：「因為嗜殺和好戰本身就是深深埋在人類天性中的邪惡種子，伊里布以為利用人類的身體就會得到自由，殊不知，人類也反過來利用它的力量，實現自己的權謀和欲望……」

「嗞，好痛！」布布路大力捏自己的手臂，疼得齜牙咧嘴地對大家說：「我不明白，既然天目塔是莫里斯的人類之心製造出的噩夢，現在千目珠都回歸原位了，為甚麼我們還在夢裏呢？」

「因為一切還沒結束。」帝奇眼神凌厲地望向莫里斯。

莫里斯身上再次若隱若現地浮動出千目的影子，喘息聲也從稚嫩的童音變成來自地獄般陰沉的伊里布的聲音——

「人類啊，你們大錯特錯了，居然以為這顆藏着『人類之心』的千目珠真的是拯救之眼嗎？真是太可笑了，其實，充滿仇恨的就是這顆人類之心啊……人類就是這樣情感複雜的奇妙生物，熱愛和仇恨兩種極端的情緒在心中並存着，愛得愈深，恨也愈深……本座之所以排斥千目珠，只是因為不想被這紛亂的情緒干擾，但並不代表它能消滅本座，哈哈，這由愛而滋生的仇恨之心，恰恰是本座最好的養分啊！」

伊里布哈哈大笑着，騰騰的污濁黑氣從莫里斯體內迸射而出，他的臉上帶着驚愕的神情，剛剛復原的身體卻又失控般地膨脹起來。

餃子焦急地大喊：「莫里斯，不要放棄自己！好好聽聽內心的聲音，你真的想成為擾亂人間的邪惡戰神嗎？」

「不！我的願望是……」莫里斯痛苦扭曲的身體中發出小男孩微弱的呢喃聲。

虛無的夢境上空，幽幽浮現出一個個昏黃的幻境，幻境中，布布路他們看到幾千年前天目族繁盛時期的畫面，那是塵封在莫里斯心中的記憶——

藍天白雲，陽光明媚，芳草萋萋，人們面帶爽朗的笑容，孩子們快樂地奔跑……

族人温柔地抱着莫里斯，長老親手教授他讀書和識字，孩子們拉着他的手與他玩耍，一切都是那麼美好、愜意……

「為甚麼？為甚麼？」黑暗中傳來莫里斯傷心的啜泣聲，「我只是想救大家啊！」

畫面迅速燃燒起來，變幻成烈焰焚燒的蒸籠地獄，被囚禁的族人們從洞窟裏戰戰兢兢地探出頭，對着張牙舞爪的火蛇祈禱，乞求莫里斯的寬恕，乞求他不要再折磨他們。

「不！不是這樣的！」莫里斯聲嘶力竭地呼喊着：「我不想困住他們，我只是想和大家在一起，嗚嗚……」

幻境中浮現出被莫里斯壓抑在最深處的記憶：遠處是暴發的山洪，族人們齊齊跪在空蕩蕩的火刑架前，他們以為山洪是莫里斯的報復，祈求莫里斯的原諒，可惜一切都晚了，莫里斯已將自己獻祭給黑暗，面對族人的哀求，他無能為力了。

在莫里斯變幻的剎那，族人全都痛苦地捂住額頭，黑暗殘酷地奪走他們的第三隻眼，隨後，山洪奔湧壓來，天目族從此覆滅……

這是成為怪物大師的必經之路!!!

尊敬的讀者:現在你跟隨布布路一起踏上了成為怪物大師的道路!向所有的困難發起挑戰吧!

預備生情緒控制測驗

不論在何種逆境之中,你都堅信正義一定能夠戰勝邪惡、光明一定能夠驅散黑暗嗎?

A. 不會。　B. 可能會。　C. 會。

■即時話題■

餃子:當年被迫進入黑暗聖井的時候,我恨父王,看到大哥被伊里布控制,對着兄弟姐妹下毒手時,我對父王的恨達到了極點,我從來沒有如此仇恨過一個人。為甚麼他會如此冷血無情地逼迫我們這些親生孩子呢?那時我真希望自己不是個王子,真希望自己和戈林一直生活在貧民窟……

布布路(摸摸餃子的頭):餃子,摸摸,你別難過。

餃子:可是,這次我重回塔拉斯,被大哥發現帶進王宮之後,我偷偷去看了眼父王。他已不是當初意氣風發、冷漠嚴肅的模樣,而是疾病纏身,只能躺在牀上,連轉動一下脖子都顯得非常困難。可當我悄悄出現在門口時,他卻轉過臉來看向我,有眼淚在他的眼眶裏打轉……那一刻,我突然不恨他了,甚至在心底叫了他一聲父王。我想他只是被王族的傳統所束縛,將他所以為的強者觀念貫徹在他為王的那段時間裏……所以我很慶倖,自己有機會重新回到黑暗聖井,這一次,我一定要破除禁錮王族的血腥枷鎖,這才是我該走的強者道路!

布布路(擦眼淚):餃子,你說得太好了,我要和你共進退!

賽琳娜和帝奇:還有我們!

完成這個測試後,你可以鑒定自己作為一個怪物大師預備生在情緒控制方面達到了甚麼程度。

測試結果就在第十二部的 210,211 頁,不要錯過哦!

新世界冒險奇談

第十九站 STEP.19

強者的證明

MONSTER MASTER 11

最後的救贖

天目族人為他們的愚昧付出了沉重的代價，莫里斯卻沒有擺脫痛苦。

他無法接受天目族覆滅的殘酷事實，在目睹族人的第三隻眼被黑暗剝奪後，他更視自己是這場悲劇的罪魁禍首。

他丟棄人類之心，只是想逃避內心的罪惡。

被千年的時光塵封的最深層記憶被揭開，莫里斯的夢境終於動搖了，一切都在震動、崩塌，周遭頃刻間漆黑一片。

轟隆隆——

翻湧的黑暗氣流中，大家感受到莫里斯內心撕裂般的痛苦，強大的負罪感如洪水般將他包圍、淹沒，他無法抽離，也無力面對。

絕望中，他拚命撕扯着夢境，想將一切都毀掉，布布路他們感覺自己的身體被無形的力量拉扯、擠壓着，似乎要跟這夢境一同被撕碎。

「莫里斯，毀滅天目族的洪水並不是你造成的，千瞳石窟的蟻蠊也不是你的錯，你已經為族人做了你能做的，如果沒有你，天目族或許早就覆滅在狩獵者的屠刀下了。」賽琳娜嘶啞地呼喊道：「你要勇敢面對，心靈才能得到真正的解脫和安寧，否則，仇恨不滅，即便你把這個夢毀掉，把我們都撕碎，也還會有更多新的噩夢出現！」

「莫里斯，原諒天目族的族人，也原諒你自己吧！」布布路額頭青筋暴起，他不顧一切地向着莫里斯靠近，大聲喊道：「我相信你也和餃子一樣，有一顆勇敢的心，一定能克服心靈的難關！」

「天目族的覆滅是無法挽回的，如果在仇恨和痛苦中沉淪，任由黑暗繼續擴張，只會有更多無辜的人重蹈天目族覆滅的命運，」帝奇咬着牙喊道：「你真的想那樣嗎？」

「不要，嗚嗚，可是我好害怕，好怕……」

在布布路三人聲嘶力竭的呼喊聲中，莫里斯的身體痛苦地縮成一團。

「不要怕，莫里斯！」餃子步履踉蹌地走向莫里斯，「我是被千目珠和伊里布選中的人，我們之間一定有某種緣分，我會留下來陪你，陪你永遠留在這個夢境裏，放過其他人吧！」

餃子溫暖的掌心握住莫里斯冰冷的手，莫里斯驚疑地抬起頭，在餃子臉上，他看到的是真誠的微笑。

餃子的記憶也隨之湧了上來——

從小貧困的生活沒有擊倒餃子，他健康快樂，希望未來能掙許多許多錢，讓母親過上更好的生活。

母親被貴族馬車撞倒，餃子每晚都偷偷哭泣，可是在母親面前卻努力微笑，讓母親走的時候能無牽無掛。

被陌生的父親接回王宮，面對崇尚強者的父王，餃子強忍着內心的委屈和恐懼，哪怕渾身發抖，也堅持昂首挺胸地走到父王面前，對父王說：「我會變強，成為讓您驕傲的兒子……」

在王宮裏，餃子遇到了和善的大哥，在他身上，餃子重新體會到親情的溫暖。

黑暗聖井裏殘酷的繼承人之戰中，餃子代替大哥成了伊里布的宿主，為了讓大哥順利繼承王位，自己則戴上面具離開了故鄉。

通往摩爾本十字基地的龍蚯上，餃子遇到了天真熱情的少年布布路，跟騎着巴巴里金獅的豆丁小子和豪爽的大姐頭賽琳娜成了要好的夥伴。

新的旅途展開了……

「面對逆境，人生其實有很多選擇呢，不是嗎？」餃子笑着對莫里斯說。他的笑容是那麼美好，充滿希望，明媚而溫暖，彷彿在這令人窒息的黑暗中送來一縷暖融融的陽光，那陽光順着餃子的掌心，緩緩注入莫里斯發顫的身體裏。

不知不覺中，莫里斯的身體不再膨脹，他閉上眼，深深呼吸着，彷彿回到幾千年前的天目族美麗的聚居地，鼻間回盪着芳草的清香……

餃子的耳畔傳來莫里斯輕聲的歎息：「真溫暖，真安靜，好久沒有這樣的感覺了。幾千年來，我好像一直在等待這樣的救贖，謝謝你們，謝謝你，餃子……」

這一刻，莫里斯那千年來無法寄託的思念如煙霧般散去，濁氣黑霧瞬間消失，四周的黑暗漸漸變亮，直至變成一片刺眼的白光，在大家迷亂的視線中，莫里斯的聲音和身影遠去了……

「下次轉生時，要是能降生在沒有痛苦和災難的國度就好了……」

兄弟之約

刺眼的白光漸漸消散，布布路他們費勁地睜開眼睛。

周遭的環境變成圓柱形的豎井，豎井的四壁上一圈圈排列着螺旋狀的石頭台階，他們又回到了黑暗聖井中！

莫里斯將他們從夢境中放出來了，而他則帶着餃子給他的温暖和等待幾千年的救贖，永遠安息在安寧的夢境中……

此時天已大亮，在大家頭頂上，黑暗聖井的層層機關全部打開，温暖的陽光照進幽深的井中。

布布路四人渾身籠罩在耀目的光亮中，餃子手中的千目珠變得如同水晶般澄澈透明，好像被淨化過了一般……

忽然，千目珠像是有生命般閃了閃，化作一道璀璨的光匯入餃子額頭上的第三隻眼。

一陣微風拂過，餃子彷彿聽見了莫里斯的聲音——

「我的『心靈之眼』，交給你了……」

餃子伸手摸了摸額頭，清晰地感覺到體內的伊里布的力量消失了。

莫里斯在安息前，將自己最重要的人類情感託付給他。

這是餃子收穫的最沉甸甸的情誼，他閉上眼睛，在心中暗暗發誓：莫里斯，請你放心，我一定不會辜負你對我的信賴，我會和同伴們一起，帶着千目珠，帶着你的「心靈之眼」走遍藍星，將正義和温暖的人類之心灑向這世界的每一個陰暗角落。

「長生，謝謝你，謝謝你為我做的一切。」長安走過來，一把抱住餃子。

「如果我們交換位置，大哥也會毫不猶豫做出和我一樣的選擇，不是嗎?」餃子也緊緊回抱大哥。

兩兄弟間所有的不愉快和委屈在這一刻煙消雲散。

回到王宮後，長安鄭重地對餃子說：「長生，你能回來真是太好了，我有很多話要和你說，很多問題要和你探討。我治理塔拉斯的兩年裏，常常反思，塔拉斯和青嵐大陸其他的國家一樣，都崇尚強者，但人們往往在盲目追求強大力量的道路上偏離了原本的初衷，反而成為強大力量的傀儡。就如同我們塔拉斯的王位繼承人要在黑暗聖井中對決，以慘痛的代價換取象徵至尊權力的王冠，這樣的勝利者真的是強者嗎?」

「不，莫里斯讓我明白到人類最強大的力量來自內心!」餃子坦率地說出自己的想法，「就如同大哥你雖然身體孱弱，卻能用一顆寬厚博愛的心對待百姓，設身處地地為百姓着想。這兩年，塔拉斯顯然比父王在位時被治理得更好，不僅國家更強盛，相比於霸道的父王，百姓也更愛戴和尊敬你。」

「沒錯，」布布路自來熟地湊到長安身旁，熱情地插嘴道:「我爺爺說過，真正的強者並不是靠讓人害怕而表現力量，也不是憑藉自己能打倒多少敵人而贏得尊重，而是有能力保護別人!」

「你爺爺說得很有道理，我要更加努力用心地保護塔拉斯的國民們。」長安親切地笑着，鄭重地躬身向布布路、帝奇和賽琳娜行了個禮，說:「謝謝你們一直以來對長生的照顧。」

看到國王陛下行禮，大家不好意思了，賽琳娜臉紅了，帝奇扭開了臉，布布路傻乎乎地撓腦袋。

笑與淚的理由

長安將布布路他們奉若上賓，餃子也親自帶領大家參觀塔拉斯富麗堂皇的王宮，並在豪華的正殿享用頂級王族盛宴。

「布魯布魯！」聞到美味宮廷料理的香味，經歷長時間昏睡的四不像終於醒過來，拖着長長的涎水，生龍活虎地大吃特吃起來。

宴席中，長安承諾，他會將戰神伊里布的真面目和發生在莫里斯夢境中的故事昭告天下，並下令永久廢除塔拉斯的王族繼承人之爭，改用更合理的考核方式，只要是有能力的人，都有機會參加考核，為百姓服務。

賽琳娜和帝奇消除了對長安的成見，取而代之的是欽佩。餃子臉上寫滿驕傲。布布路和四不像扯着一塊牛排打成一團。

在振奮人心又忍俊不禁的氣氛之下，餃子突然問長安：「戈林怎麼不見了？」

自從離開黑暗聖井，大家就沒見到戈林。

「因為之前將你們騙入聖井，他很不好意思，自己把自己關到大牢裏反省了。」長安面色尷尬地說。

「大哥，讓戈林出來吧！」餃子懇切地說：「我太瞭解那傢伙了，他做的一切都是為了塔拉斯好，有這樣的臣子，是大哥的福氣啊。」

賽琳娜也為戈林求情：「陛下您大概不知道，戈林的怪物製造『門』的能力是有限制的，他帶着您去井下救我們，是冒着生命危險和地獄巨犬切開空間的，他甚至打算犧牲自己來彌補過錯。他對餃子的情誼、對國王的忠誠和對塔拉斯的一片赤子之心，我們都有目共睹。」

「嗯，他極力配合大家作戰，雖然能力不怎麼樣，但功不可沒。」帝奇很有本事把誇獎的話說得讓人一點兒都高興不起來。

「讓戈林來和我們一起吃嘛，他一定餓壞了，太好吃了……」布布路嘴裏塞滿肉，含糊不清地嚷道。

「既然大家都不責怪他，那我們一起去把戈林接出來吧。」長安點點頭。

說也奇怪，原本提到戈林，長安一臉的不開心，但大家一勸說，他不僅沒生氣，反而順水推舟地答應不再追究戈林的錯，並馬上帶着大家去地牢接戈林。

「大家留步！」一進地牢，餃子就神秘兮兮地說：「我想和戈林單獨說幾句。」

布布路三人被攔在地牢外，不甘心地把耳朵貼在牆上聽裏面的動靜。

地牢裏，戈林驚訝地看着突然出現的狐狸臉，雙眼濕潤地對餃子說：「對不起，差點害了你和你的同伴們……你一定很生我的氣吧？我不敢奢求你的原諒，但我對自己的選擇一點兒都不後悔。陛下為百姓做了太多事，還讓無禮的我到王宮任職，我很崇拜和仰慕他，也相信他能帶領塔拉斯走向更美好的明天。所以……」戈林倔強地昂起頭，一字一頓地說：「如果一切重來，我還是會那麼做！」

「撲哧——」餃子被戈林認真的表情逗笑了，他豁達地拍拍戈林的肩膀，笑嘻嘻地說：「我根本沒怪你，我們從小一起長大，你的心意我怎麼會不懂？好了，這裏又濕又冷，女孩子家蹲出病來怎麼辦？快跟我出去吧！」

女孩子？躲在地牢外偷聽的布布路三人驚呆了，戈林是女孩子！

「可是……我對陛下說要在牢裏反省的，要是自己出去……」戈林羞赧地低着頭。

「大哥，看來只有你能去把戈林接出來呢！」餃子轉身推了一

把長安。

「咦，國王的臉怎麼那麼紅？」布布路不識趣地指着站在一旁的長安，自從聽見戈林說她很崇拜和仰慕國王後，他的臉就紅得像一隻大番茄。

長安尷尬地移開目光看向牆角，假裝沒聽見布布路的話，布布路看不出眉眼高低，煩人地纏住國王刨根問底。

「布布路！」賽琳娜趕緊把布布路拉開，怒其不爭地戳着他的腦門兒，「笨蛋，閉嘴啦！」

布布路又拉着帝奇追問，煩得帝奇揚起飛鏢就要射他，場面混亂又熱鬧。

新世界冒險奇談

第二十站 STEP.20

丟不掉的第三隻眼睛

MONSTER MASTER 11

逃亡的繼承人

夜深人靜，布布路睡在塔拉斯王宮的豪華臥房內，做着香甜的美夢。

夢中，餃子額頭上的第三隻眼睛消失了，他再也不用戴面具了，每天都帶着迷人的笑容走在十字基地裏，好像覺得自己很英俊的樣子。

就在這時，布布路突然被人從牀上猛地拎起來。

「哇！」布布路一睜眼，一張熟悉的狐狸面具正貼着自己的臉俯視着自己。

「別叫那麼大聲！」賽琳娜從餃子身後閃出來，一把捂住布布路的嘴。

「快點，我們該走了。」帝奇不耐煩地催促道。

布布路被三個同伴強行拖出豪華臥房，順着王宮地下的密道摸黑溜出塔拉斯。

離開塔拉斯的國境，餃子出神地眺望着遠方青玉色的天空，長長地舒了一口氣。

「餃子，我們為甚麼要半夜三更逃跑啊？」布布路睡眼惺忪地問。

「昨天晚宴的時候你沒聽到嗎？」餃子頭疼地看着布布路，「我大哥堅持要和我輪流執政，共同治理塔拉斯，根本不給我拒絕的機會，所以我只能拉着你們逃跑了。」

布布路不好意思地撓撓後腦勺，他一定是晚宴的時候和四不像搶奪食物太開心，根本沒留心聽國王的話。

「不知道你大哥會不會派人追上來。」賽琳娜有點擔心。

「我們還是趕緊回基地吧，」餃子托着下巴，煩惱地說：「這次我們先斬後奏，只留下一張請假條就出來了，要想個既不被扣學分又不被科娜洛和雙子導師懲罰的辦法才行。還有，四不像不小心在蘭特港燒毀的貨船，幸好我大哥願意出面交涉和賠償，否則我們要啃幾年饅頭來還債了。」

帝奇和賽琳娜鄙夷地看着又開始打起了小算盤的餃子，看來，這傢伙恢復正常了。

「咦？那裏有個人，好眼熟，」布布路看到前面的小路上有個人正翹首朝這邊張望着，「是查拉！」

查拉大步走過來，顯然是特意在等他們。

「我就知道你做得到，」查拉欣慰地拍拍餃子的肩膀，「長生，說來，你應該叫我一聲王叔。」

王叔？布布路他們面面相覷，也就是說，查拉是餃子父王的兄弟？

「這是怎麼回事？」餃子吃驚地問。

查拉沉緩地回顧起十多年前的往事：「我的兄長，也就是你的父王，他是個堅毅而冷血的男人，他堅信未來的世界屬於強者，弱者注定要成為犧牲品。進入黑暗聖井前，他跟兄弟姐妹們說，不管誰犧牲也不能有怨言，活着的人要繼承其他人的意志，代替死去的人仰望塔拉斯的陽光。憑藉這樣的信念，他在黑暗聖井中

勝出，繼位後，他將兄弟姐妹們安葬到王族陵園……」

「那您是怎麼活下來的呢？」布布路忍不住插嘴。

「當年，我頭撞到井壁昏死過去，逃過一劫。」查拉唏噓地說：「下葬當夜，我醒過來，從土裏爬出來，連夜逃出王族陵園。我的雙眼因為頭部受到撞擊失明了，但沒想到因禍得福，身體上其他感知器官的功能卻提升了。不久，我假死的事件敗露，遭到了通緝，我從此過上隱姓埋名的流亡生活……」

「這麼說來，王叔您被通緝的原因也和我差不多吧？一旦你回來，也將成為王族繼承人，要跟大哥爭奪王位。」餃子同病相憐地看着他。

「嗯，你大哥不知怎的查探到我還活着，還得知我在琉方大陸的消息，於是便派出搜查團在各個交通要道擺出大陣仗尋找我……」

「那你說自己是天目族的後裔，果真是騙人的？」餃子悻悻地問，騙人大概是他們王族遺傳的毛病。

「不！」查拉回答得十分乾脆，言之鑿鑿地說：「我的確是天

目族的後裔，不僅如此，長生你也是，因為我們塔拉斯的王族就是天目族的後代！」

天目族的最後之眼

甚麼？塔拉斯的王族是天目族的後代！

這個消息太驚人了，布布路他們將查拉團團圍住，迫不及待地想要知道真相。

「說起來，能知道這個王族祕密，還要多虧我雙眼看不見。」查拉自嘲地笑道：「一次，我偷偷去王族陵園祭拜兄弟姐妹們，無意中摸索到一份刻在陵園內的王族祕密卷宗，卷宗上的內容是無法用肉眼看到的，感知能力提升後的我有幸成為幾千年來第一個得知天目族真相的人。」

「卷宗上記載了甚麼？」布布路目光閃閃地問。

查拉嚴肅地說：「上面記載着，塔拉斯的王族是在一場毀滅性的山洪中倖存的天目族後人，我不知道天目族跟伊里布有甚麼關係，但塔拉斯王族能成為青嵐大陸上唯一能召喚戰神伊里布的種族，似乎正是因為體內流淌着天目族的血液。歷史上，也曾經有其他先祖成為伊里布的宿主，並利用伊里布強大的力量建立了塔拉斯。可是人類的肉體因為難以承受伊里布的力量，往往逃不出被吞噬的命運，但那強大力量的誘惑卻讓人難以抵禦，明知最後將被吞噬，每隔幾代，卻總有人再度召喚出伊里布，而伊里布每次出現都會變得更強……唯有一件東西，能拯救在力量中迷失自己的人們，那東西被祖先稱為千目珠！關於千目珠的由來，卷宗上面只有零星的記載，似乎是英雄莫里斯集合了千目力量的眼睛……後來，我發現了王族墓穴圖，找到黑暗聖井旁塔拉斯第一代王族的墓穴，在其中挖出千目珠，那是天目族的倖存者為表示懺悔而守住的莫里斯的第三隻眼，也是心靈之眼，也許只有這隻眼睛才能真正終結莫里斯的詛咒。

「兩年前，經過嚴密的暗查，我得知在塔拉斯新一屆的王族競選中，伊里布再度被召喚出來了，但那位王子卻失蹤了。於是我便暗中尋訪失蹤王子的下落，想要把千目珠交給他，希望借由他的手終結流淌在塔拉斯王族身上的天目族之血的詛咒，停止血腥的王位之爭……因此我想方設法將千目珠送到長生手中，又跟在後面想要護送你們來塔拉斯。唯一讓我感到意外的是，卷宗中只提及千瞳石窟的石陣，並沒提到食肉蟻蠊，導致在千瞳石窟讓你們涉險，我很抱歉。」

「這麼說來，查拉大叔還不知道莫里斯和戰神伊里布的關係吧？」布布路一臉興奮地告訴查拉自己看到的莫里斯的回憶，以及伊里布和千目珠的由來。

聽完這個只有莫里斯自己知道的真相，查拉沉默了半晌，才喃喃道：「難怪我感覺到餃子身體裏的伊里布散發的力量跟千目珠同根同源，原來伊里布是莫里斯變化而來的……真是難以置信……沒想到，即使莫里斯變幻為黑暗的戰神伊里布，仍然是倖存的天目族後裔最仰仗的對象，這真是一種不可思議的緣分。」

查拉黑洞洞的眼窩沉沉地對着餃子的面具，提醒道：「莫里斯的故事給了我很大的觸動，長生，記住，你額上的第三隻眼是天目族的最後之眼，你要好好珍惜它。」

說完，查拉匆匆告辭，大家甚至沒來得及問他要去哪兒，又何時才能再相見。

回十字基地的路上，布布路四人心中回味着查拉最後說的話——

在很久很久以前，藍星上的人類全都有第三隻眼睛。

第三隻眼代表着人類的內心，如同一面折射心靈的鏡子，時刻提醒人類修正自己的行為，遠離陰暗和邪念，追求光明和正義。

然而，隨着時間的推移，這隻眼睛退化了……

天目族是堅持保留着第三隻眼的最後種族，然而在經歷幾乎滅族的災禍後，天目族的第三隻眼也消失了。

餃子額頭上的第三隻眼睛，是天目族的最後之眼，也是世界上最後一隻擁有淨化力量的眼睛。

如果餃子能夠好好發揮這隻眼睛的作用，也許在將來的某一天，人類會發現，被丟棄的第三隻眼睛，其實是自己最寶貴的東西。

尾聲・新的開始

太陽緩緩地爬出地平線，摩爾本十字基地又迎來新的一天。

一大早，餃子房間裏就傳出一聲慘叫。

哇，不會悲劇又重演了吧？布布路三人心急火燎地趕過去。

「大家快看！」餃子指着自己的額頭，急吼吼地嚷道：「我的第三隻眼又睜開了！」

甚麼？自從大家從青嵐大陸回來，餃子額頭上的第三隻眼就閉合了，怎麼現在又睜開了？甚麼情況？

大家正猜測，餃子一把拉下半截面具。

噢噢噢！布布路三人全都傻眼了，餃子額頭上的第三隻眼果然完全睜開了，不過，那顆鑲嵌在眉心的眼珠如玉一般純淨，沒有一絲污濁之氣。

「哈哈！」餃子滿臉喜氣地叫道：「當睜開第三隻眼後，我清晰地感覺到一股前所未有的力量正湧動在我的四肢百骸，各個器官的感知力全都加強數倍，只要靜下心來，我似乎就能感知到氣流的變化……而且，我還能自如地開啟和關閉它。」說完，餃子得意地眨巴着額上的第三隻眼。

「噢噢噢，餃子太厲害了！」布布路興奮得連蹦帶跳。看來擁有第三隻眼並不是壞事，只要有一顆強者的心，就能正確使用天目的力量！

然後，餃子得意地賣弄道：「我感覺到四不像不在布布路身後的棺材裏哦。」

「餃子猜對了！」布布路忙打開棺材，裏頭果然沒有四不像的身影，取而代之的是一塊灰不溜秋的大石頭。

「布魯布魯，嗷嗚嗷嗚！」

這時，窗外傳來四不像的聲音，原來它溜到廚房偷吃去了，後面跟着一串追兵，布布路頭疼地扶額追出去。

眼看基地裏又要變得一片雞飛狗跳，餃子放出了體形壯碩的藤條妖妖，就見藤條妖妖的藤鞭呈光速抽出，一眨眼就把四不像捆了個結結實實。

哈哈，四不像這下遇到對手了！

餃子欣喜地低頭看向手中的怪物卡，上面的資料不知何時變化了，藤條妖妖從 D 級升到 B 級，跳躍升級了！

【第十一部完】

預備生情緒控制測驗

你身為王族後裔，有權利繼承一國的王位，你會因此放棄成為怪物大師嗎？

A. 不會。　B. 可能會。　C. 會。

■即時話題■

黑鷺：餃子，聽說你是塔拉斯的王子啊，真是沒想到你這個愛貪小便宜的預備生居然也有金光閃閃的顯赫背景啊！

餃子：黑鷺導師，你這是在誇獎我，還是在諷刺我？

黑鷺：你說呢？趕緊的，餃子王子，把你欠十字基地的伙食費補齊了！

餃子：布布路，你有盧克沒？借我點。

布布路：對不起，餃子，因為四不像的關係，我自己的伙食費也成問題啊！

金貝克（擠過來）：餃子，聽說你缺錢啊？沒關係，我借你，來來來，一萬盧克可以嗎？

餃子：金貝克導師，你真是太大方了！謝謝你一百次！

金貝克：嘿嘿，好說，好說，打個欠條吧！

黑鷺：金貝克貌似聯繫過你大哥了，反正你的欠款你大哥會償還，而且利息還挺高的。唉，明明是我想借你錢來着，沒想到半路殺出個程咬金，可惜了！

餃子（望着遠方，淚光閃閃）：對不起，大哥，我又讓你操心了……

完成這個測試後，你可以鑒定自己作為一個怪物大師預備生在情緒控制方面達到了甚麼程度。
測試結果就在第十二部的 210，211 頁，不要錯過哦！

MONSTER MASTER ✧LOVE & DREAMS✧

這是成為怪物大師的必經之路!!!

尊敬的讀者：現在你跟隨布布路一起踏上了成為怪物大師的道路！向所有的困難發起挑戰吧！

第十二部
《來自地底的至尊魔器》

這一天，摩爾本十字基地的公告牆邊，圍滿了人。整片公告牆上居然貼滿烏壓壓的通緝令，並且這些通緝令的懸賞金額張張超過五百萬盧克，更令人大跌眼鏡的是，位居賞金榜首的人，竟然是布布路他們在奧古斯逮到的邪惡侏儒－尼尼克拉爾。

因此布布路幾人在大名鼎鼎的獅子耀指引下，第一次參與了一個Ａ級任務。

正當大家對此次任務充滿期待的時候，懶洋洋的任務領頭人多克薩卻說他們不過是誘餌罷了，並將他們比喻成掛在拉磨的驢子眼前的蘿蔔……這次任務真如他們所說是「小兒科」嗎？

HATRED
仇恨

鮮血鐫刻的仇恨之書上，
載滿了邪惡的詛咒，
仇恨的靈魂啊，成為藥引吧！

下部預告

布布路四人被選為「誘餌」，來到武器之國—沙魯。

這裏的監視無處不在，沙魯人似乎竭力掩蓋着甚麼不能說的祕密。更詭異的是，利瑟爾領主在和一個神祕人物通話之後失蹤不見了！

永夜之石製造的黑暗通道內，無數冷箭破空而來。古怪的圓形法陣內冒出一隻前所未見的奇異怪物。躲在幕後的操縱者即將現出原形！

面對來自地底深處的禁忌武器，沙魯城的未來究竟是明是暗？侏儒族和人類最終能冰釋前嫌嗎？

絕不能錯過的浴血戰鬥，即將展開！

BUBURO.BURO.LIVAGE
布布路・布諾・里維奇

GAME START 成為『怪物大師』就要憑實力！
來場精彩的雙人對戰吧！洗牌開始！

「怪物對戰牌」場景版使用說明書

Monster Warcraft

基本資訊：單冊附贈 8 張卡牌。為 1—8 部怪物對戰卡牌集的擴充包。
遊戲人數：4 人以上　　遊戲時間：5 — 20 分鐘

——「怪物對戰牌」場景版規則——

【基礎牌組列表】

1. 人物牌：8 張
2. 怪物牌：8 張
3. 特殊物件牌：4 張
4. 場景牌：12 張

附件：單冊附贈 8 張卡牌。

【遊戲目的】

遊戲開始前，玩家需確定自己的身份，一隊為挑戰方，一隊為迎戰方，雙方對戰人員的數量必須相等。當以下任意一種情況發生，遊戲立即結束：

所有挑戰方死亡，則迎戰方獲勝；
所有迎戰方死亡，則挑戰方獲勝。

【遊戲規則】

1. 將人物牌洗亂，玩家抽取 1 張人物牌，確定自己的人物血量值。（人物牌的組合技能在 4 人對戰時適用）

2. 將怪物牌洗亂，玩家抽取 1 張怪物牌，確定自己所擁有的怪物。

將怪物牌置於人物牌的上面，露出當前的血量值。（扣減血量時，將怪物牌右移擋住被扣減的血量值）

3. 將基本牌、元素晶石牌、特殊物件牌等洗混，作為牌堆放在桌上，玩家各摸 4 張牌作為起始手牌。將場景牌洗混，作為另一個牌堆放到桌上。

4. 遊戲進行，第一輪的場景固定為【龍蚯站點】（《怪物大師》第九部附贈），同時玩家翻開最上面的一張場景牌，確定下一輪的場景，每輪都必須提前確認下一輪的場景。確定先出牌的玩家從牌堆頂摸 2 張牌，使用 0 到任意張牌，加強自己的怪物或者攻擊他人的怪物。

但必須遵守以下兩條規則：

◆每個出牌階段僅限使用一次【攻擊】。
◆任何一個玩家面前的特殊物件區裏只能放 1 張特殊物件牌。

每使用 1 張牌，即執行該牌上的屬性提示，詳見牌上的說明。

遊戲牌使用過後均需放入棄牌堆。

5. 在出牌階段，不想出或沒法出牌時，就進入棄牌階段。此時檢查玩家的手牌數是否超過當前的人物血量值（手牌上限等於當前的人物血量值），超過上限的手牌需要放入棄牌堆。

6. 回合結束，對手玩家摸牌繼續進行遊戲……直至一名玩家的血量值為 0（即死亡）。

「怪物對戰牌」場景版使用說明書

Monster Warcraft

基本資訊：單冊附贈 8 張卡牌。為 1—8 部怪物對戰卡牌集的擴充包。
遊戲人數：4 人以上　　遊戲時間：5 — 20 分鐘

GAME START 成為『怪物大師』就要憑實力！
來場精彩的雙人對戰吧！洗牌開始！

——「怪物對戰牌」場景版規則——

7. 出牌順序：若挑戰隊為首發玩家，則排名第二位的出牌玩家必須為迎戰方。雙方隊伍中玩家的出牌順序必須錯開。

8. 判定的解釋：摸牌階段時，對要進行判定的牌需要先進行判定，翻開牌堆上的第一張牌，由這張牌的花色或點數來決定判定牌是否生效。

9. 怪物牌翻面的解釋：在輪到玩家的回合開始前，若是你的怪物牌處於背面朝上放置的狀態，請把它翻回正面，然後你必須跳過此回合。

10. 若遊戲未分出勝負，但牌堆的牌已經摸完，則重新將棄牌堆的牌洗混後，作為牌堆繼續使用。當所有場景牌用完之後，需要重新洗一遍場景牌，建立新的場景牌堆。

【怪物卡牌一覽表】

怪物名稱	卡版	屬性等級	獲得方式
四不像	普通卡	D 級	隨書附贈
水精靈	普通卡	D 級	隨書附贈
藤條妖妖	普通卡	D 級	隨書附贈
巴巴里金獅	普通卡	C 級	隨書附贈
金剛狼	普通卡	B 級	隨書附贈
一尾狐蝠	普通卡	B 級	隨書附贈
魔靈獸	普通卡	A 級	隨書附贈
泰坦巨人	普通卡	S 級	隨書附贈
蒼赤虎（影子版）	普通卡	C 級	隨書附贈
花芽獸（影子版）	普通卡	C 級	隨書附贈
龍膽（影子版）	普通卡	B 級	隨書附贈
露姬兔（影子版）	普通卡	D 級	隨書附贈
大聖王	普通卡	B 級	隨書附贈
九尾狐	普通卡	D 級	隨書附贈
騎士甲蟲	普通卡	D 級	隨書附贈
惡魔酷丁	普通卡	D 級	隨書附贈
塞隆鼠	普通卡	B 級	隨書附贈
帝王鴉	普通卡	A 級	隨書附贈
帕米魯格	普通卡	A 級	隨書附贈
般若鬼王	普通卡	A 級	隨書附贈
水精靈（升級版）	普通卡	B 級	隨書附贈
大紅武章	普通卡	B 級	隨書附贈
克林姆林	普通卡	A 級	隨書附贈
鎖鏈魔神	普通卡	A 級	隨書附贈
藤條妖妖（升級版）	普通卡	B 級	隨書附贈
地獄犬	普通卡	B 級	隨書附贈
幻影魁偶	普通卡	A 級	隨書附贈
饕餮	普通卡	?級	隨書附贈

Note 無天良 爆笑時間

編輯部特別獻禮『怪物大師』中鮮為人知的小番外小趣味！

爆笑登場！

「怪物大師」漫畫小劇場

Comic Theater

Comic：李仲宇／Story：黃怡崢

「怪物大師」漫畫小劇場

Comic Theater

Comic：李仲宇／Story：黃怡崢

編輯部特別獻禮『怪物大師』中鮮為人知的小番外小趣味！
爆笑登場！

MONSTER MASTER
Especially written for kids aged 9-14

特別企劃・第三期偵查報告

【這裏，沒有祕密】

讀者來信問題大盤點，全面解析怪物大師的世界

Q1. 求編輯們告訴我，布布路的爺爺到底是不是十影王之一？

答：就算你求我們，我們也無法回答，因為雷叔目前完成的稿子裏還沒揭示爺爺的身份，就請好奇的讀者和我們一起等待雷叔揭開爺爺神祕面紗的一刻吧！

Q2. 第十本後面拍飛阿爾伯特的巨獸是四不像嗎？它怎麼可以這麼厲害啊？

答：噓，我不告訴別人的，它就是可以這麼厲害哦！

Q3. 雷歐叔叔，你寫的第六本第八站裏面有好多「砰」，你是在湊字數嗎？

答：請注意，那是為了表示戰鬥的激烈程度，才不是為了湊字數這麼膚淺的理由。

Q4. 帝奇・雷頓為甚麼這麼矮？

答：因為這是雷叔的喜好，他覺得隊伍裏應該有個矮個子。

Q5. 對帝奇的大哥很好奇，請問他甚麼時候會正式出場？

答：不是下一部就是下下部！總之他一定會出現的，敬請期待！

Q6. 餃子是不是 LOVE 賽琳娜？注意，這不是愛情，而是一種欣賞哦！

答：要說 LOVE 的話，餃子當然是 LOVE 着每一個同伴啊！

MONSTER MASTER
Especially written for kids aged 9-14

從餃子的角度來看 人物關係圖

重新回到青嵐大陸的餃子，終於破除了噩夢的根源！

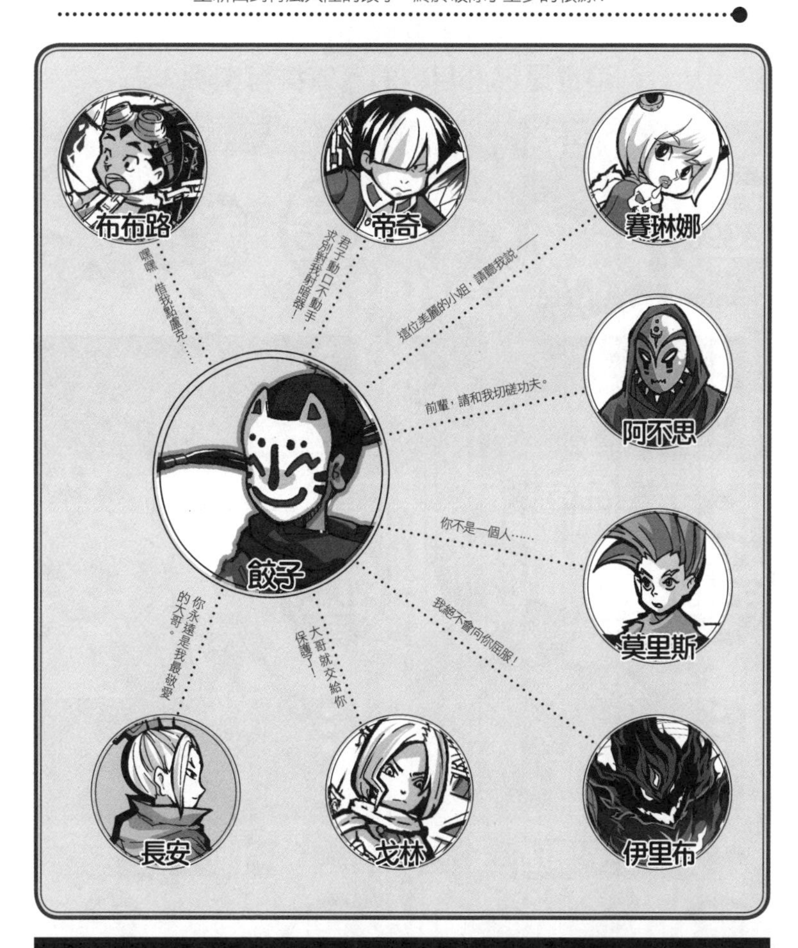

※ 餃子的獨白時間：

自從逃出黑暗聖井的那一天起，我就在沒日沒夜地害怕！害怕體內的邪神不知何時會甦醒過來，害怕失去自我意識後會傷害身邊的人，所以我逃了，遠遠地離開了青嵐大陸。

可我從不後悔與伊里布之間的交易，只要大哥活着登上王位，塔拉斯就能長治久安。

齊來看看！
這也是你心目中的人氣排行榜嗎？

布布路

- 喜歡單純的孩子，傻傻的，好可愛。
- 他是隱藏版的有錢人，金盾棺材好棒。
- 有時傻到讓人想揍他。
- 「爸爸」欺負兒子那裏很戳淚點。
- 主角都是開外掛的，光環閃得厲害。
- 熱血少年，加油。

餃子

- 名字聽上去很好吃。
- 餃子最帥，雖然我還不知道他的長相。
- 狐狸面具甚麼的好神祕呀。
- 他是王子。
- 會古武術很讚，我想學。
- 每次看到他編故事騙布布路我就想笑。

帝奇

- 豆丁小子，哈哈哈，想起來就會笑。
- 因為像我，一樣矮。
- 沉默是金，毒舌是鑽。
- 我不會說我是被第一本裏他哭的那張圖萌到了。
- 帝奇本命。

賽琳娜

- 豪邁正義的大姐頭。
- 此女不同凡響。
- 其實大姐頭的獅吼功才是最厲害的武器，秒殺三個男生，立馬讓他們閉嘴。
- 隊伍裏唯一的女生。
- 元素晶石用得好，前途不可限量。

雙子導師

- 白鷺很嚴肅、很正經、很靠得住，正好管得住黑鷺。
- 一對很有愛的兄弟。
- 黑鷺哭着對白鷺說讓我贏一次的畫面好萌。
- 黑鷺有種賤賤的可愛。
- 白鷺真的是面癱嗎？他出場的幾個地方真的不是在講冷笑話嗎？

阿不思

- 神祕性超越餃子的存在。
- 禪定這招我喜歡。
- 他是我見過的最帥的雕像。
- 我總覺得他是個隱藏的 BOSS。
- 說謊的能力比餃子厲害，神神化化的性格也不錯。

The Most Breakout Characters' List on Vote

CREATED BY LEON IMAGE

CREATED
BY
LEON IMAGE
獅子堂
第七名
1424
票
●富二代官二代不解釋。
●預備生的最高領袖。
●他是獅子座的，對嗎？
●正義感很強。
●最喜歡吃雙色冰淇淋了。
焰角・羅倫
第八名
1011
票
●英雄人物總是受人敬仰的。
●我喜歡的人物的偶像。
●傳說中很厲害的十影王。
●我覺得他沒死，只是神隱了。
赫拉拉
第九名
936
票
●鬼靈精怪又勇敢偉大，最後我看哭了。
●人物好漂亮。
●最喜歡可愛的 LOLI。
●名字很有愛。
黃泉
第十名
728
票
●不用說的實力和英俊的半張臉。
●本人天生反骨，就喜歡反派人物。
●黃泉其實人挺好的。
夏蓮
第十一名
328
票
●這位十影王大人長得好漂亮。
●喜歡博學多才的人。
●雙人格 + 姐妹組超有愛。
阿爾伯特
第十二名
316
票
●既是十影王又是食尾蛇四天王。
●他是個愛女兒的好爸爸。
●真可憐，最後被不知名的怪物給秒了。
The Most Breakout Characters' List on Vote

「怪物大師」系列角色人氣排行榜
THE MOST BREAKOUT CHARACTERS' LIST ON VOTE
LEON IMAGE

CREATED BY LEON IMAGE
monster master
京剧脸谱
棺材上缠铁链
背面

Staff
製作團隊

【總策劃】 宋巍巍 Vivison

■執行 趙 婷 Mimic

■文字 黃怡崢 Miya
孫 潔 Sue
谷明月 Mavis

■插圖 孫 東 Sun
李仲宇 LLEe
周 婧 Qiaqia

■色彩 蔣斯珈 Seega

■灰度 李禎祾 Kuraki

■設計 宋 蚺 Python

CREATED BY LEON IMAGE
Love & Dreams
MONSTER MASTER
[雷歐幻像]作品
LEON IMAGE WORKS

□ 責任編輯：郭子晴
□ 裝幀設計：高　林
□ 排　　版：黎品先
□ 印　　務：劉漢舉

怪物大師
——天目族的最後之眼

□
著者
雷歐幻像

□
出版
中華教育
香港北角英皇道 499 號北角工業大廈一樓 B
電話：(852) 2137 2338　傳真：(852) 2713 8202
電子郵件：info@chunghwabook.com.hk
網址：http://www.chunghwabook.com.hk

□
發行
香港聯合書刊物流有限公司
香港新界大埔汀麗路 36 號
中華商務印刷大廈 3 字樓
電話：(852) 2150 2100　傳真：(852) 2407 3062
電子郵件：info@suplogistics.com.hk

□
印刷
美雅印刷製本有限公司
香港觀塘榮業街 6 號 海濱工業大廈 4 樓 A 室

□
版次
2016 年 9 月第 1 版
2018 年 2 月第 1 版第 2 次印刷

□
規格
32 開（210 mm × 140 mm）

□
書號
ISBN：978-988-8420-73-5

本書經由接力出版社獨家授權繁體字版
在香港和澳門地區出版發行